随時見学可

ZUI JI KEN GAKU KA

大竹昭子

みすず書房

随時見学可　目次

装丁　五十嵐哲夫

随時見学可

本棚の奥の放浪者

一言で旅といっても、さまざまな旅がある。有り金をすべてはたいて世界一周する大がかりな旅もあれば、ひとつところに長くとどまる旅もある。箱根に一泊するのだって、旅の気持ちに浸れれば立派な旅となる。

二十年ほど前に住んでいたニューヨークのことを思い返すと、旅に似た感慨がわくのは、滞在しているあいだずっと、いつか帰るであろう場所のことが頭を離れなかったからだろうか。振り返る場所をもちつつ過ごす時間には、いつも旅のにおいが混じっている。

最近は、夜といた荷物を翌朝に詰め直して移動しつづける旅より、長逗留するほうがよくなってきた。居心地のいい宿もいいが、いつでもどうぞと言ってくれる友人の家ならばもっと快適だ。

つかの間の住人になった気持ちで、「予定のない日々」をだらだらと過ごす。放っておかれるのが好きなこちらの性格をわかっていて、相手もあれこれ気をまわさずに自由にさせてくれる。そんな理想の宿としてまっさきに思い浮かぶのが、ハワイ島のナナの家だ。

ナナとの付き合いはかれこれ二十年前にさかのぼる。大学卒業後に短期間サンフランシスコにいたとき、ビザの延長ができずにやきもきして日系人のやっている相談所にかけこんだ。ナナはそこのケースワーカーだった。心細そうにぼそぼそと話すこちらの事情を、背中を少し屈めてふむふむと聞いていた彼女は、急に顔を上げて言った。

「そんなこと、くよくよ考えてもしょうがない。それよりあなた、あしたアルカトラス島にピクニックに行かない？」

相談事とは無関係の提案に一瞬、唖然としたが、よく考えてみるとナナの言うとおりだった。ビザの問題はいくら悩んだところでなすすべはなく、移民局の一方的な判断を忍耐強く待つしかない。頭ではそうとわかっていながらも、悶々とした気持ちをもてあまして相談所の扉を叩いたのだが、ナナの毅然とした発言を聞いたとたんに、ぶ厚い雲が切れて光がさしこむように心が軽くなった。本当だ、こんな悩みに時間を費やすなんてばかみたいだ。

翌日、ナナの仲間とともにサンフランシスコ湾に浮かぶアルカトラス島に渡った。街中は観光客であふれていたが、そこから船で十数分のここにやってくるのは釣り人くらいしかいない。石ころだらけの浜に立って、オリーブの実を口に含んでは湾にむかって種を吹き出しつづけた。さざ波の立つ海面のむこうに、ダウンタウンの高層ビル群が切り紙細工のように連なっていて、そのビルの一室に昨日まで悩んでいた自分の姿が見えるようだった。

ナナは東京の高校を卒業すると同時にアメリカに来て、それ以来ずっとこちらに暮らしているから、もう人生の三分の二を過ごした計算になる。

ケースワーカーを辞めてからは、チャイナタウンの近くで日本食のレストランを開き、十年ほどそこをつづけた後、ハワイ島に移り住んで、「ナナズ キッチン」をはじめた。おいしい食事を手頃な値段で食べられるので、日系人や日本からの客だけでなく、「ロコ」と呼ばれるハワイ人や、本土から来ている白人などにも人気があり、最初の予想をはるかに上回る繁盛ぶりだった。

ケースワーカーを辞めたのは、カウンセリングのような場ではなくて、レストランという日常の空間で人に出会い、ヘルプしたほうが自分の性に合っているというのがナナの言い分だったが、たしかに店は一種の相談所を兼ねていて、部屋探し、転職、家の売買、はてはガールフレンドの斡旋まで、さまざまなケースがもちこまれていた。そうした話のあれこれをナナの口から聞くことも、旅の愉しみのひとつだったのである。

夏場にヨーロッパに行く年がつづき、ハワイから足が遠のいていたある夏、ひさしぶりに彼女を訪ねてみようと思い立った。以前住んでいた牧場の家から、さらに山の方角に素晴らしい家を見つけたという知らせが届いていた。牧場の家ですら贅沢すぎるほどのロケーションだったから、それ以上に素晴らしい場所というのがどんなものなのか想像もつかなかった。

海岸から山側に登っていく公道をまっすぐ進んでいくと、それが尽きる少し手前に、細い私道がある。熱帯の草木がかぶさるように茂っていて、うっかりすると見逃しそうなほど周囲の森に紛れている。

カーブを切って車がその道に入ったとたん、まわりの音がとぎれ、別の空間に引き込まれていく。でこぼこだらけの土の道に車体が上下し、身が左右に揺すられる。行く手は見えず、密林のような濃い緑がつづき、ときおり鳥の嘴の形をした真っ赤な花がギャッと啼き叫ぶように咲いている。本当にこの先に家があるのだろうと思うところ、白い平屋の建物がふいに現れるのだった。

家は車庫を中心に左右のウィングに分かれていて、ゴージャスと言うより質実剛健な雰囲気だ。下見張りのコロニアル・スタイルの木造家屋で、外壁の下には緑の苔が生え、建ってからだいぶ経っているのがわかるが、車庫の壁に切り抜かれている出入り口をくぐって庭側に出ると、思わずあっと驚きの声を上げてしまう。広大な緑の芝生が海の方角にゆるやかに傾斜し、さっきまでの森の密度が明るい緑に転調するさまが、狼狽するほど思いがけない。エッジの部分には、もこもこした森が横につながっていて、付近の家を完璧に視界から隠している。

前の牧場の家も悪くはなかったものの、やがて周囲に建物が建って景観が変わるのが目に見えていたが、ここの風景はこの先もずっと変化しないだろう。町から十数分のところにこんなに深い森があるのは奇跡のようで、ここにいればあちこちにドライブしなくても、ベランダに座って庭の景色を眺めているだけで十分だった。

家の裏手の森にはポールが丹念に手入れしてよみがえらせたアンセリアム・ガーデンがあった。うっそうと伸びた大樹のあいだを、ポールのつけた小径に沿って分け入ると、朱色のアンセリウムがここにも、あそこにもという感じで現れる。前の住人が残していったわずかな株を見つけて、木々の枝を払って光を入れて再生させたもので、赤だけでなく、ピンクや白などの珍しい種類もある。アンセリウムの茎は細くて目立たず、スペード形をした鮮やかな色の萼《がく》だけが目に飛び込んでくる。まるで樹々の根元に火を灯したように点々と咲いているさまは、この世のものでないような幻想的な光景だった。

ポールとナナは十代のころに知り合い（なんとナナの東京の家にポールが交換留学生として滞在していたときからの縁だ）、思いがけない偶然が重なって、四年前からここで一緒に暮らすようになった。そのいきさつについては、一篇の小説が書けそうなほどドラマチックだが、それはともかくとして、いまこの家で六十歳に手の届きそうなふたりが、年齢を少しも感じさせない青年のような生々しさで八匹の猫とともに暮らしている姿には、訪問者をほっとさせるなごやかな空気があった。

ナナの家で過ごす日々はじつにシンプルだ。二手に分かれた西側のウィングがゲストルームになっていて、三十畳ほどの大広間に、キッチンとダイニングルームとトイレが付いている。シャワーを浴びるときだけナナのほうに行くが、それ以外はこちらで事足りるので、目が覚めたときに起き、食べたいときに食べるという怠惰な暮らしを許される。

朝六時ころ、年季の入ったフォルクスワーゲンのエンジンを吹かしてナナが店に出ていく。この音でいったん目が覚めるが、起きはしない。芝生の緑が黄金色に輝いているのを、「朝日の当たる家」という歌があったなあと思いながら、ベッドから半身を出して眺める。庭側の窓がすべてガラス戸で、森の向こうに朝日が昇るのだ。

それから読みさしの本を開いたり、ベッドサイドのオーディオセットに手を伸ばして音楽を聴いたりしすると、また睡魔に襲われて知らない間に眠ってしまい、つぎに目覚めるときはたいがい十時ころだ。もう陽が高くのぼり、芝生にはアボガドの樹の大きな陰ができている。シャワーを浴びにとなりのウィングに行くと、車庫のところでコーヒー入りのポットを抱えたポールに会う。彼は朝はアンセリウム・ガーデンで黙々と働き、少し休んでランチタイムのウェーターをするために店に出る。

家には八匹の猫と客人ひとりが残される。広大な芝生の上を風や光や空気が巨人のようにのっそりと動くなか、テラスのソファに寝ころんで読書のつづきをする。十分に眠って起きたばかりなのに、すぐにうとうとしてなかなかページが進まない。スパゲッティなど簡単なものでランチをとりながらビールを開け、軽い酩酊を感じてデッキチェアにもどると、ふたたび眠りへと引き込まれていく。

週末にナナと遠出をする以外は、こうしてテラスで読書をつづけるのだが、計画的になにかを読破しようという考えはまるでなく、読むものはいつも行き当たりばったりだ。とくに五月の連休を利用して行ったそのときは、出発まぎわに片づけなければならない仕事が多くて本屋にいけず、文庫本を二冊バッグに入れてきただけだった。

滞在が長いのに、もってきた本は文庫二冊というのはいかにも少なく思えるかもしれないが、心配は無用だった。読むものが尽きれば、あの棚をあさればよかった。大広間の二面の壁には、腰高の本棚がぐるりと巡らされてちょっとしたライブラリーの様相を呈していた。あれだけの量があれば、なにか興味を引くものが見つかるだろう。

持ってきた文庫の片方は『西東三鬼集』だった。西東三鬼は俳人で、「水枕ガバリと寒い海がある」とか「露人ワシコフ叫びて石榴打ち落とす」とか、だれにも真似できないような奇抜な句を詠んだが、俳句のほかにエッセーも残している。とくに戦前の神戸に実在した奇怪なホテルに出入りする人々を描いた「神戸」と「続神戸」は図抜けたおもしろさで、何度も読んだのにまた持ってきてしまった。人間の深い思慕にあふれつつも、旅人がおちいりがちな感傷がなく、その明るく乾いた空気感が旅のはじまりに読むのにもってこいだった。

もう一冊はパウロ・コエーリョの『アルケミスト』だった。この本のことはパリの友人宅で会ったブラジル人の女性から聞いた。彼女は船乗りのパートナーとともにヨットに暮らしており、いったいどういうふうに生計がなりたっているかは謎だが、ともかく陸の家をもたずに移動生活をつづけている。

そんな暮らし方があるものなのかと驚いていると、彼女は確信に満ちた目で、自分たちの旅は『アルケミスト』に出てくる少年のようなものだと言った。羊飼いの少年がエジプトのピラミッドに宝物が隠されているという夢を信じて旅をするうちに、人生の知恵を学ぶという話で、ブラジルでよく読まれているらしい。いつかは定住するかもしれないけれど、いまはまだその時期ではなく、こうやっていろいろな人に出会いながら旅をするのが合っているという。日本の外に出ると、移動することに生きる活力を見いだしている外国人によく出会うが、ふたりもそのような生粋の旅人なのだった。

持ってきた二冊を読み終えると、おもむろに書棚の発掘にとりかかった。それはまったく「発掘」と表現するにふさわしい様相を呈していた。離れて見るとふつうの本棚に見えるが、ひとたび接近して中身を調べてみると、混沌の極みなのがわかる。『ソクラテスの弁明』の隣に『下駄ばきでスキップ』という本があるかと思えば、料理本のあいだにドストエフスキーが挟まっているというふうに、種々雑多な本が手当たりしだいに詰め込まれていた。

これはナナの無頓着さにもよるが、それだけが理由ではなかった。海外にいると内容のいかんにかかわらず、ただ日本語が書いてあるというだけで、本の存在をとてもありがたく感じる。だれかこれを喜ぶ人がいるはずだと思うと、とても捨てる気になれず、読み終えると人に貸し、人からもまた借りてきてというふうに本が回覧板のようにまわる。これらの本は、日本に引き揚げたり、亡くなったり、旅に出たりして持ち主の手を離れて集まってきたものだった。言うならばここは〝本の孤児院〟なのだった。

本棚の前に座り込んで、舞い上がる黴と埃に息を詰めながら一冊ずつ手にとっていった。圧倒的に文庫本が多いのは、やはり移動に適しているからだろう。一回読むとページが崩壊するアメリカのペーパーバックとちがって、日本の文庫は繰り返し読むのに耐える。湿気で膨らんだものもあれば、何人もの手に触れられて布のように柔らかくなったものもあるし、開いたとたんにページのあいだから砂がこぼれおちたり、日本の古本とちがう変わったにおいのするものもあったが、どの本にもほかでもない日本語の文字が綴られていた。

はじめは気がつかなかったが、本は棚の奥に何列にもわたって並べられていて、表面に出ている量の数倍はありそうだった。手前のを抜き取ると奥に別の列が現れ、それをどかすとなかにもう一列あった。手を入れて抜き出すうちに空洞ができ、このまま掘り進んでいくとどこか見知らぬ場所にたどり着きそうで、本の内容よりそのことがおもしろくて掘りつづけた。

書棚の角にさしかかり、壁の方向に差し込んでいた手を横に曲げて、その奥をさぐった。左右の棚がそこでぶつかり、縦に貫いている天板を支える柱の根元に、両方向から来た本が折り重なるように倒れていた。

それを掘り出して腕を伸ばすと、平らに積み重ねた本に当たった。一冊抜きとろうとして、ローマかどこかに、悪い心の持ち主が手を入れると抜けなくなるという穴があったのを思い出した。そのとき、入れるのは平気でも抜くときが不安だったが、いまも同じで手前の本が崩れて腕が抜けなくなるような気がして一瞬緊張した。

出てきたのは谷譲次の『めりけんじゃっぷ商売往来』だった。絶版になってだいぶたっている本が支離滅裂な本棚から出てきたのがおもしろくて、ほかのもつかみ出してみると、『テキサス無宿』『踊る地平線』『もだん・でかめろん』と、どれも谷譲次のものだった。

これがもしほかの作家のものだったら、これほど感動しなかっただろう。一九二〇年代のアメリカでさまざまな職業を渡り歩き、造語を駆使してポップな文学を書いた奇才の作品だったゆえに、何冊もまとまって出てきたことに好奇心をかきたてられたのだ。

谷譲次は本名を長谷川海太郎といい、昭和初期に三つのペンネームを操って、それぞれまったくちがうタイプの作品を書き分けた。林不忘の名では丹下左膳のシリーズを、牧逸馬の名では怪奇実話やノンフィクションを、谷譲次の名では日本の外で破天荒に生きる〝めりけんじゃっぷ〟をユーモラスな筆致で描いた。見つかったのは谷譲次のものだけで、林不忘や牧逸馬のものはなかった。日本の外に出て、一度でも旅のにおいに魅せられた者にとっては、「三人」の作品のなかで谷譲次のものがもっともおもしろいのは疑いようがなかった。

本は手前の列ではなく、手の届きにくい奥の場所にきちんと積んで収められていた。見つけられないことを望んでいるようでも、ここまで探ってきた人だけに読まれたいと願っているようでもあった。だれの手によって収められたのだろう。この本の持ち主だろうか、それともこれを借りて読んだ人だろうか。古びた文庫をめくっていると、この部屋で過ごした旅人の姿が浮かび上がってくるようだった。

その晩、タイヤが砂利を踏んで車庫に入ってくる音がすると、待ちかまえていたように出ていってナナを部屋に引っぱりこんだ。

本を手にとったナナは不思議そうな顔になって「どこにあったの？」と訊き、自分もその穴に手を入れてみてから、

「たぶん、ヨシさんだと思うわ」

とぽそっと言った。

ある晩、客が途絶えてそろそろかたづけをはじめようと思っていると、小柄な日本人の男性が店に入ってきた。年齢は四十代前半で、日本からきた日本人とは明らかにちがうラフな雰囲気があり、アメリカに長くいる人だなと直感した。

彼は小さな体のわりにはすごい食欲で、テンプラ・ディナーとスキヤキ丼をオーダーし、日本の量のゆうに三人分ある料理をペロリとたいらげた。ほかに客がいなくてひまだったのと、自分の作ったものをおいしそうに食べてくれたうれしさとが重なって、ナナはその客に声をかけた。

口火を切ってくれたのにほっとしたような様子で、彼はサンフランシスコ時代にナナがよく知っていた知人の名前をあげた。ハワイに行ったらこの店に来るように言われたという。

しばらくこの共通の知人について話したあと彼はトイレに立ち、もどってくると「この近くにホテルはありませんか」と尋ねた。それならうちに泊まったら、とナナはつい言った。ホテルならば市内にいくつかあったが、わざわざ泊まるほどのものではないうえに、かなりの料金をとられる。他人事ながらばからしい気がしたのだ。

相手は一瞬言葉に詰まったように黙った。いきなりそう言われてどう答えていいか迷っているような表情だった。家は二棟に分かれていて、自分たちがいるのは片側で、もう片方がゲスト用だから気兼ねはいらないと説明すると、ようやく「じゃあ、お言葉に甘えようかな」と言って無邪気な笑顔になった。ナナはほっとした。日本人はこういうときに遠慮してうじうじする人が多いけれど、できないことは最初から言わないのだから、好意は素直に受けてくれたほうが気持ちがよかった。

宿の件が落着すると、彼はさっさと席を立って店のかたづけを手伝いだした。からだの動かし方を心得ているような、見ていて気持ちのいい身のこなしだった。

海外にいると、駐在などで来ている人以外は、名字は使わず、ファーストネームを縮めて呼ぶことが多い。ナナだって本当は樫村奈那江という名前だけれど、だれからもそう呼ばれたことがない。この彼も「ヨシ」としか名乗らなかったので、いまだに本名がなんというのか知らない。

知らないといえば、これまでどういう人生を送ってきたのかもわからなかったが、アメリカ本土で十年以上いろいろな職業を転々としてきたらしいことは想像がついた。このままアメリカで歳をとっていくのにためらいが出てきて、ためしに故郷に帰ってみようと思い、荷物を友人のもとにあずけてバックパックひとつで帰国の途につき、途中、ハワイに一度も来たことがなかったので立ち寄ったという。

ヨシは思いがけずハワイが気に入り、一週間のつもりが二週間、三週間と滞在が伸びていった。「このままいていいのでしょうか」と言うので、まったくかまわないと言うと、泊めてもらったお礼になにかしたいと申し出た。

店が忙しくなって以来、家の中の補修すべきところに手を付けられずにいた。もしそれをやってもらえたらありがたいと言うと、本土にいたとき大工の仕事もしていたという彼は、さっそく材料を調達してきて作業にとりかかった。床のリノリューム張り、シャワー器具の取り替え、壁塗り、納屋の棚作りと、彼はなんでも器用にこなした。店から帰ってくると、必ずなにか新しい変化が加えられていて、疲れていてもそれを眺めると活力がわいた。

この本棚も、いろいろな家から届いた本が床に山積みになっているのを見て彼が自発的に作ったものだという。本棚があったほうがいいでしょ、と言うので、そりゃそうね、と答えると、つぎの日には長い板を何枚か買ってきて一日で作り上げてしまった。

「で、そのヨシという人は結局日本に帰ったの」

「たぶんそうじゃないと思う」

ナナは少し陰のある表情になって先をつづけた。

大工仕事がひとしきりかたづいたとき、ヨシは島をめぐってくるといってヒッチハイクに出かけた。五日くらいで帰ってくると言ったが、一週間たっても、十日たってももどらず、それきり消息を絶ってしまったという。

黙って帰国するような人には見えなかったが、もしかしたらひっそりと消えたい事情でもあったのかと、飛行機会社に問い合わせてみたが、なにしろ名前が「ヨシ」としかわからないので埒が明かなかった。ヨシオとか、ヨシノブとか、ヨシヒロとか、ヨシアキとか、搭乗者名簿にはヨシの付いた名前がいくらでもあった。

ヨシは島を西まわりでまわると言って家を出た。そのルートに沿ってこういう日本人を見なかったかと聞いてまわれば、なにか手がかりがつかめるかもしれない。そう思ってナナは週末に車を走らせた。ハンバーガー屋や食料品店など、立ち寄りそうな店で車を停めては聞いてみたが、みんな首をかしげるだけで頼りにならなかった。

唯一、得られたのは、島の北側で日系人のやっている宿できいた情報で、ヨシに似た人が一泊して、翌朝早くそこから奥地に入っていくと言って発っていったと言う。宿は谷を降りていく崖の途中に建っており、そこから奥にさらに細い渓谷が伸びていた。車で行くのは無理だし、もう時間も遅くなっていたので、また出直すことにしてその日はそこまで引き返してきた。

帰って店によく来る常連客にその話をすると、思いがけないことを口にした。もしかしたらヒッピーに射殺されたのではないかというのである。えっと驚くナナにその人は、まちがっても探しに行ったりしないほうがいいと釘を刺した。トレッキングによく行く彼は、山の事情に詳しく、そんなことをすればミイラ取りがミイラになると眉をひそめた。

アメリカ本土にいたヒッピーたちが、むこうで住みにくくなってハワイに移ってきていることは知っていた。大方がここで有機栽培の菜園をやったり、焼き物をやったりして、つつましいながらも平和に暮らしている。ところが中には島の奥地に入ってマリファナを栽培し、それを生活資金にしている堕落したヒッピーがいるらしい。彼らはマリファナ栽培が外部に漏れることをなによりも恐れ、不審なものを見つけると射殺することも辞さないという。

「本当の理由はだれにもわからないけどね」

ナナはそういってため息をついた。

もしヨシが本当にヒッピーに殺されたのならば、皮肉なことだ。メインストリームに背を向けて生きてきた彼は、ヒッピーのような人種にこそシンパシーを寄せてきたはずだし、そもそもアメリカに来たのも、ヒッピー・ムーブメントへの憧れが少しは混じっていたかもしれないのだ。そんな人物が彼らに撃たれたのだとしたら、ひとつの時代の終わりを象徴する出来事といえるだろう。

ヨシはアウトローだが、ぐうたらではなかった。いったん仕事にとりかかると、声をかけても気がつかないほど夢中になる。体を動かすことが芯から好きな人間だった。

Tシャツを汗でぐっしょりと濡らしながら板を切ったり、金槌をふるったりしている姿が、外出先からもどって車をガレージに入れているとき、いまもふっとナナの視界をよぎることがある。ふだんは忙しさにかまけて思い出さないだけに、その瞬間はっとする。だが、不思議なことに悲しみは感じない。時間が巻きもどったように鮮烈なイメージが立ち上るのを心の目で追いながら、車を降りて庭に出る。芝生は黒く、横に長く延びたその先の森は漆黒の闇に染まっている。空と森の境に目を凝らしつつ、いまごろヨシはどこで何をしているかしらと、とりとめもなく考えだす。するとだれかに謎をかけられているような、背後にもうひとりの自分が立っているような奇妙な感覚に襲われる。その人はヨシの居所を知っているが、教えてはくれない。ただ、この家を出ていったときの姿でいまも終わりのない旅をつづけていることを、言葉ではなく気配で伝えてくるのだった。

「この本、ヨシが入れたんだと思う。本棚ができあがったときに」

手にした本に視線を落としてナナが言った。

柱に小さな傷をつけて、何年かあとに行って、あった、あった、と見つけて喜ぶような、他愛のない遊びのつもりだったのかもしれないし、『アルケミスト』に出てくるピラミッドの中の財宝のように、この本棚を発掘した人だけが手にできるものを隠しておこうとしたのかもしれない。あるいは、アメリカにいるあいだ大事に連れ添っていた〝めりけんじゃっぷ〟の本を、長かった旅を締めくくるつもりで埋葬したのかもしれない。

旅に出るには気合いがいるが、旅を終えて帰るにはもっと大きな勇気がいる。はたして自分の居場所はあるだろうか、日本の習慣とずれてしまってはいないだろうか、むかしの友人は気持ちよく迎え入れてくれるだろうか、結局は自分の弱さから逃れようとしただけだったのではないか、などと否定的なことばかりが思い浮かんで尻込みしてしまう。

だが考えてみれば、それらの問いはいまにはじまったものではなく、旅をしているあいだ幾度となく彼の心のなかで繰り返されてきたことだった。帰国を夢想していたときは雑念でしかなかったものが、帰ると決めたときに磐のような巨大さで目の前に立ちはだかった。この磐を押しのけて大海を渡るには儀式が必要だった。護符のように持ち歩いたこれらの本を、自分の作った本の祭壇に納めることで彼は旅の時間を断ち切ろうとしたのかもしれない。

明日には帰国するという晩に、連日読み続けた四冊をもとの場所にもどし、西東三鬼とコエーリョの本をその上に重ねた。どれも漂白者が主人公だから、谷譲次と一緒になっても喧嘩はしないだろう。

手前に本を並べて穴を閉じ、わざともとのように雑然とさせると、このなかに祭壇があることはまったくわからなくなった。つぎに来たときには長逗留した者によって「発掘」されているだろうか。それとも、だれにも見つけられずに平らに眠っているだろうか。

近いうちにまたナナの家に行ってこよう。

ハウスシッター

ポストに手をいれて蓋の裏側を手探りし、ガムテープで張りつけた鍵を引きはがした。方向を確かめて鍵穴に差し込む。重い手応えとともにカチッと音がしてドアが開いた。冷たい空気がするっと這い出し、代わって外の明かりが差し込む。三和土《タタキ》はなく、玄関にあたる空間もなく、いきなりフローリングの床がはじまった。

いくつものスイッチが壁の一角に集まっている。あてずっぽにひとつ押すと、テーブルの上のペンダントライトがついて、スポットが当たったように部屋の空気がテーブルに集中した。

ワインのボトルが立っている。紙いっぱいにサインペンで走り書きしたメモが下に挟まれていた。

「ジュリの餌はキッチンシンクの下のキャビネットに入ってます。ドライフードをミルクでふやかし、缶詰を三分の一くらい混ぜてやってください。それからこのワインどうぞ」

ひさしぶりにノエの字を見たような気がする。丸っこくて子供みたいな字だ。交換日記をしていたころから変わっていない。

玄関の横には、柵で囲ったスペースがあって籐のバスケットが置かれている。中には厚手のセーターのようなものが丸まって入っていた。ジュリと呼ぶと、セーターと見えたものがもぞもぞと動いて、ボタンのような目がこっちを見つめた。

黒くてやわらかな毛。鼻から額にかけてのなだらかな線。耳の後ろの小さなくぼみ。喉の下のたるんだ皮。ねぼけているのか、気持ちがいいのか、ジュリはじっとしている。なぞった指先を嗅ぐと獣臭さと乳臭さの入り混じったにおいがした。

ノエから電話があったのは昨日のことだ。

前夜遅くまで仕事をして昼ごろ起き、買い物に出てもどってくると、電話が鳴った。まじめなことを言うときのちょっと緊張した声だった。

「父親が倒れたの」

「えっ、ほんと」と聞き返しながら、自分の声を嘘っぽく感じた。女優が目を見開いて言うテレビドラマのせりふみたいだった。

「お願いがあるんだけど」とノエはつづけた。「ジュリのことを獣医さんにきいたら、まだ予防注射をしていないからペットホテルには預けられないんだって。病気がうつるから。もとの飼い主に一時もどそうかとも思ったんだけど、せっかくこの家に慣れてきたのにもったいなくて……」

「いいよ、行ってあげる」

ほっとしたようなノエのため息が電話口から漏れた。大きな仕事が終わったところで気持ちに余裕があったし、あそこには一度泊まってみたいと思っていた。

バッグに着替えとノートパソコン、それに用心のために厚手のセーターやダウンベストなどを詰めて家を出た。駅に行く道すがら心が浮き浮きした。人の家に泊まるというだけで、いつもの街がちがって見えた。

ノエのこの家をどう説明すればいいのだろう。

三階建ての馬蹄形の建物で、馬蹄の内側に中庭がある。形だけでも相当に変わっているのに、もっと驚くのは、庭側の壁が天井から床まで総ガラス張りになっていることだ。中庭から見上げると巨大な水槽が屹立しているよう。水槽の中身は丸見えで、とくに事務所になっている二階では、パソコンを打ったり電話をしている人の姿が頭のてっぺんから爪先まで丸見えで、日が落ちて照明がつくと、さながら幕の上がった劇場のような華やかさがそこに加わる。

両隣にマンションが迫っているので敷地はそんなに広くない。そこに一戸建てを建てるのにただの四角い家ではつまらないというので、建物の中心をくり抜いてガラスウォールにしたのだった。そうすれば上から差し込む光がまんべんなく行き渡り、空間的にも解放感がある。

設計したのは建築家のノエの叔父で、アイデアとしては悪くなかったが、現実的には使いにくい建物ができあがった。夏は温室のように暑く、冬は冷蔵庫のように冷える。日当たりの具合も強烈で、朝はベッドルームにもろに陽が射し込んで寝てられず、夕方には反対側の部屋に西日が当たってサングラスがほしいほどまぶしい。雨の日は雨の日で、ガラスの継ぎ目から雨が吹き込んで窓際が水びたしになるなど、見た目は美しくても快適さにはほど遠かった。

一、二階を設計事務所に、三階を住まいにするつもりだったが、住みはじめてすぐに叔父は根をあげた。引っ越したのが夏の時期だったので、蚊はくるわ、クーラーは効かないわで参ってしまったのだ。間もなくアメリカの大学から教える話が来て、いそいそと出ていった。

いまは一階と二階はほかの設計事務所に貸し、三階をノエが使っている。叔父から住まないかと言われたとき、一緒に住んでいたボーイフレンドと別れ話が進行中だったノエは、渡りに舟と喜んだ。それにそもそも、建てたばかりのピカピカの建物にただで住んでくれと言われて、断る人はいないだろう。暑い夏をなんとかやり過ごして、二度目の冬を迎えるところである。

中庭にはソテツが群生している。足下まで素通しなので、ツンツン尖った葉が上をむいている。子供のころ、かかりつけのお医者さんの玄関にこの木が植わっていて、そのころからソテツは苦手だったが、こんなに高いところから見下ろすと尖った先がなおさら恐怖を呼んだ。三階から落下して、大の字になった体が葉の先端に突き刺さるさまを想像してしまう。そんなことは万に一回も起こらないのに、尖った葉の先がその瞬間を待ちわびているような気がする。

宅配の人が階段を上がってくる。そのまま上るとうちのドアになるが、二階で止まってドアベルを鳴らし、荷物を受け渡して駆け降りていった。板張りのステップボードは足を乗せると少したわむ。木琴の低音のような音がする。

玄関ホールは壁面がぜんぶクローゼットでけっこう広い。そこから壁はアール状に曲がりソファとテーブルと液晶テレビのあるリビング空間になる。その先はダイニングキッチンだが、あいだにキャビネットが置いてあるだけで仕切られてはいない。キッチンの先でふたたび壁が曲がってバスルームと寝室に至る。部屋ごとの仕切りがどこにもないので透明なダクトの中にいるようだ。

ここに何日くらいいることになるだろう。ノエは三、四日と言っていたが、もっと長くなるかもしれないし、回復せずに亡くなれば葬式が終わるまでいることもありうるかもしれない、とそこまで頭を走らせて止めた。いまからそこまで考える必要はないし、第一不謹慎だ。メールはここで受けられるし、最近は留守電に伝言を残す人もいないから、必要なものがあれば取りに帰ればいい。

ノエの親はうちよりかなり年上で、たしか八歳くらいちがう。ノエの上には兄が三人いる。諦めかかったころにぽろっと生まれた女の子で、歳も離れているから猫かわいがりされた。小さいときはほしいものがあれば、ぶすっとした顔で立っていれば、みんなが寄ってきて、これなの、あれなのと訊いてくれた。彼女はそれに首を振ったり、うなずいたりするだけでよかった。

愛されるのに慣れすぎたノエは、人を愛することに憧れているけれど、なかなかうまくいかない。前のボーイフレンドとも、暮らす前は盛り上がっていたのに、一緒になったら長つづきしなかった。愛が過剰になったり、ピント外れになったりして関係がぎくしゃくしてしまうのだ。ああ、またやっていると端は思うけれど、本人はまったく気づいていない。

中庭に電灯がついた。時間になるとひとりでに点くものらしい。ノエの自転車が浮かび上がる。玄関横のガラスウォールにそっとよりかかるさまが立ったまま眠っている人のようだ。

ノエはあまり料理をしないらしく、キッチンの調理器具は買い立てのようにまっさらで、ゴミ入れも空に近かった。お湯を沸かしてスパゲッティを茹で、レトルトのミートソースにローリエとバージンオリーブオイルを足して味を整えた。ロメインレタスをちぎって、冷蔵庫に残っていた半掛けのリンゴを一緒に刻み、マヨネーズとパルメザンチーズであえてシーザーズサラダもどきを作り、ワインを開けてゆっくり食べた。

食べてしばらくは体が温かかったが、少したつと寒さがしのび寄ってきた。足下がすーすーする。ホットカーペットをつけてあっても、間仕切がないのでぬくもりが逃げていく。

窓に手を触れてその冷たさにドキッとした。間仕切りがないだけではなく、冷えたガラスウォールが冷気を運んでくる。建物全体がガラスなので氷に囲まれているようなものだろう。

外はすっかり暗く、闇がもろに室内に入ってくるのも寒さを強めていた。部屋の中にいる実感がない。かといって外にいるのともちがう。見えない覆いがされているように、外と内の境界が曖昧だった。

ジュリは餌を上げたらあっという間に平らげて、籠の中で毛の生えたかたまりになった。顔がどこにあるかわからないくらい黒い。その黒い首の下から赤い布がのぞいている。これがその布かと思った。ひとりになると鳴くかもしれないと、親犬が首に巻いていたバンダナを遺品のように持ってきたという。小さな布切れに全身をくっつけて寝るので涙が出ちゃったとノエが言うので、あんたが泣いてたんじゃ世話ないねと笑ったが、こんな小さな布きれを頼りにするなんてやっぱり不憫だ。

黒い生き物には孤独な気配が漂う。牛でも、猫でも、金魚でも。

十一時過ぎには熱いシャワーを浴びてベッドにもぐり込んだ。

早く寝過ぎると夜中に目が覚めるかもしれないと思ったが、案の定そうなった。ヒンヒン、キュンキュンいう声が闇のむこうから流れてくる。ずっとむかしに聞いたことのあるような声で、なんだろうと夢うつつに考えているうちに白い天井が浮かび上がり、カーテン代わりに垂らしてある布が目に入った。布の隙間から外の明かりが漏れている。見るともなく見ているうちにノエの家に泊まっているのを思い出した。と同時に声の謎も解けた。

ジュリが鳴いているのだ。

鳴くまいと努めても漏れてくる滴のような声が夜のしじまを渡ってくる。胸元が引きつるような物悲しい声だ。もう鳴かないから大丈夫だと言っていたけど、ノエがいなくて寂しいのだろうか。それともなにか別のことで鳴いているのだろうか。

ベッドを下りて窓の覆いをめくると、黒い三角の影が中庭のほうをむいて座っている。鼻先を上げて遠い彼方に電文を送るように鳴いている。

床が冷たくて玄関までが遠い。中庭の常夜灯がリビングの家具を照らしている。閉店した家具屋のようだ。だれにも座られない無人のソファ、無表情なテーブル、消えたままのフロアスタンド。足音に気づいてジュリが振り向いた。抱き上げて首で頭を挟むようにしてジュリと一体化した。肉の温かみが伝わってくる。いつまでも離したくなくて鳴き止んだあとも抱いたまま家の中を歩いた。肉の感触がずっしりと重く、胸の黒い毛が上下している。リビングに入り、キッチンを通って寝室に行き、そこでUターンしてまたおなじルートを引き返す。

ノエはどうしているだろう。いまこのときも病院のベッドにつきそっているのだろうか。彼女もまた遠くにいるような気がした。手の届かないほど遠い遠い彼方に。

翌日は朝から曇っていた。重い雲が垂れ込め、昨日よりもさらに寒くなったような感じだった。ダウンのベストを着込んでパソコンを開く。メールの中にノエの名前を見つけて真っ先にクリックした。

お父さんは呼びかけると瞼が動いたり、口が開きかかったりするけれど、意識はまだない。病室の空気が重くて、部屋にいるだけですごく疲れるという。

生きようとする力と、死のうとする力が、見た目は静かに見える肉体のなかで拮抗している。棒一本でバランスをとって歩く綱渡りのようなものだ。張りつめた空気がまわりのエネルギーをも吸い取ってしまい、ただそこに居るだけで体が重くなる。口をへの字に曲げたノエの顔が思い浮かぶ。気が沈んでいるときの癖だ。励ましの言葉が思い浮かばず、ジュリの元気な様子だけを書き送った。

正午をまわったころ、こらえきれないように雨が降り出した。

ガラスの表面に水滴が当たってポツポツと音を立てる。小さな粒だが、当たったとたんにほかの水滴とくっつき、重みを増してガラスの表面を滑っていく。

落ちていく方向は読めない。右に行くかなと思うと左に曲がり、左に傾いていたのに突然右に進路を変える。無数の水滴が衝突と和解を繰り返しながら引力に従いつつ落ちていくさまに、運命のゆくえをたどっているような気持ちになる。水滴が合体して重みがつくと、だんだんと直線ルートになり、床の縁に着くころにはツーと急降下する。

ベストを着ても温かくならず、腰にひざかけを巻き、手袋をはめた。とても室内の服装とは思えないが、ヒーターをつけると頭がボーッとして仕事にならない。肌の出ているところは顔と指先だけで、あとはさなぎのように布にくるまれたまま、パソコンのキーを叩く。家の近所でよく遇うホームレスのおばさんみたいだと思う。頭にネッカチーフを巻き、スカートを何枚も重ね着し、いつも公園のベンチに座ってノートを広げている。何を書いているのかわからないが、書き物をしている姿がどことなくチャーミングで、若いころは案外美人だったのかもしれないと思わせる雰囲気がある。

雨が降ると彼女は、葉影に身を隠す小動物のように、何本も広げた傘の下で微動だにせずにじっとしている。遠くから見るとベンチの上にテントが張られているようだ。そばにはいつも分身のように持ち歩いているショッピング・カートが寄り添っている。わけのわからないものが満載されたそれは、日々、新たなものが押し込まれ、結びつけられて太っていく。

そのカートを見ると、雨漏りのするぼろ家に住みつづけた祖母の晩年がよみがえるのもまた、いつものことだ。家はがらくただらけで足の踏み場もなかったが、捨てるといやがるので、家ぜんたいがホームレスのカートのようだった。

祖母が入院したときに、この機会にやってしまうしかないと、母と一緒に行って一気にかたづけた。そのとき台所の一角でものすごくいやな臭いがしたのを覚えている。まるで死体が隠されているような腐臭で、こわごわとその臭いがするコーナーを探っていると、湿った段ボール箱の底から一粒のシジミ貝が出てきた。そんな小さなものが、狭くはない台所を見えない影のように支配していた。調理台から落ちてそのまま腐ったのだろうが、植物とは異なる強烈な異臭がいつまでも鼻についてとれなかった。

ノエから二通目のメールが来たのはおやつの休憩時間だった。ココアを注いだ熱いカップをテーブルに置いたと同時に、メールの届いたことを知らせるピンという音がパソコンから上がった。

「なにも進展なし。稲荷寿司が食べたい」とだけ書かれている。稲荷寿司はノエの好物だっただろうか。親が死ぬか生きるかの瀬戸際で、食べ物のことを考えている彼女をいとおしく思った。

雨は相変わらず降りつづけていた。回転窓を押し開け、馬蹄形に切り取られた中庭の空から落ちてくる雨粒を見上げる。ぜんたいを見ているときは素早く落ちるのに、雨粒に焦点を合わせると突然、スローモーションの映像を見ているようにゆっくりになる。その差がおもしろくて、顔が濡れるのも気にせずに首を上下させて眺めた。

ふと床を見ると透明の水が壁際に盛り上がっていた。ガラス窓の継ぎ目から雨が染み込むとノエが言っていたが、これがそうだろうか。思っていたよりも多く、溜まる速度も速い。拭きとって雑巾を敷きつめたが、すぐにびしょびしょになった。

ジュリの様子を見に行くと、玄関前の床に口をつけて何かしている。鮮やかなピンク色の舌を出して染み込んだ雨をなめているらしい。ちゃんと水を上げているのにどうしてそんなことをするのだろう。与えられたものより、探し当てたものに惹かれる気持ちは、わからないではないけれど。

すっかり舐め尽くすと彼女はトレイにしゃがみ込んだ。シャーッと勢いのいい音がして砂の色が濃くなり湯気が立ちのぼる。ずいぶんとたくさん出てくるものだ。抱き上げると昨日ほど体が臭わない。おしっこと一緒に出てしまったらしい。

雨で散歩に出られないので代わりにボールで遊んでやることにする。ボールを取り上げただけで彼女は興奮し、きらきらした目でいまかいまかと待ちかまえた。投げるまねをしてもだまされない。首を曲げてそちらを見るだけで走ってはいかない。

三度目の正直で投げたら、鉄砲玉のように駆け出した。クローゼットの前で捕まえ、脚を前に突き出して押さえつけ、ガウワウと声を上げる。口にはくわえず、手を放してわざと逃がしてはまた追いかける。後ろ足を跳ね上げながら走る姿はいかにも楽しそうで、見ているこちらまでが愉快になった。

「とってこい」というのはどうやって覚えさせるのかわからないが、いまの彼女はただ追いかけて戯れるのに夢中だ。投げたボールがソファの下にもぐり込むと、自分も平たくなって入り、反対側からころころと出てきたボールにつづいてジュリの黒い体が現れた。競うように拾い上げ、もっと遠くに投げた。彼女はワンと一声挙げてキッチンに飛んでいったが、ボールが螺旋階段の柱にぶつかると、ふいに立ち止まって、ここにこういうものがあったのかという顔をして渦巻型の階段を見上げた。上には小さな小部屋があって、屋上につづいている。

登っていかれると厄介なので追いついて抱き上げた瞬間、真っ白なガラス窓が視界に入った。どの窓も白くて中庭のソテツもむかいの家も見えなかった。曇ったのかと指で触れてみたが跡はつかないし、線も引けない。一瞬何が起きたのかわからず、未知の世界に拉致されたように呆然となった。

あらためて見ると曇っているのはこちら側ではなくて、外だった。外の気温が上がったのに室内が冷たいままなので、ガラスの外側に水滴が付いたのだ。見えるものがなくなると、地面から切り離されて宙に浮いているように感じた。遠くで救急車のサイレンが鳴り、やがて何も聞こえなくなった。ゆっくりと故郷と言うには疎遠になった港町の風景が浮かんできた。両親も離れてしまって帰る家もないけれど、夏に霧が出るので知られる。

霧はいつも海からやってきて地上の風景を一変させる。父と一緒に海岸に行ったあの日は、とくにクリームのように濃い霧が出た。妹と一緒に砂浜に穴を掘っていたころは、まだよく晴れていた。探してきた流木をオブジェのように砂地に立たせるのにふたりで夢中になっていると、ここにいなさいと言い措いて父はどこかに行った。穴が浅すぎて何度も倒れ、もっと深く掘ってはジャンプして砂を踏み固めた。

ようやく手を離してもちゃんと立っていられるようになり、額の汗をぬぐいながら顔を上げると、浜のむこうから濃い霧が迫ってくるのが見えた。すでに海面は白くおおわれ、間もなくすぐそばの浜も見えなくなった。さっき流木を拾った場所も、それをひきずった砂の跡も、掘るのに使った空き缶も、一瞬のうちに視界から消えてしまった。

霧は生きているように素早く動くのに、つかめもすくいもできない。目が見ているものと体の感じるもののちぐはぐさに緊張し、恐怖した。妹が脚を踏まれた子犬のような高い声をあげて腕をつかんできた。ちいさな手はぐにゃっとして、粘土細工のように頼りなかった。

でもこれを離したらひとりきりになる。そう思うと握り返す手にも力がこもった。この霧のどこかにお父さんがいるということが信じられず、別の世界に引きずり込まれて生き別れてしまったような不安が襲った。ただ棒のほうに立ち尽くして晴れるのを待ったが、そのときがくるとは思えず、永遠のように思える時間が過ぎた。

父は手に缶ジュースを持ってそこにいた。歩いてくるところは見えず、ビデオの画像が飛んだようにいきなり目の前に立っていた。いなくなったことと缶ジュースが結びつかず、なんでそんなものを持っているのだろうと思った。父に手を引かれて霧のなかを車にもどり、買ってきてくれた缶ジュースを飲んだ。甘い汁が喉に伝い落ちるのが目で見るようにはっきりとわかった。

エンジンの音がして車が走り出すと、霧は消えた。まったく呆気ないほど簡単に消えて、何もかもが見えすぎるほどはっきりした。怖がっている自分がまだ霧の中に立っているような気がして、置きざりにしていくような後ろめたさを感じながら、ひたすら車窓を見つめた。

霧の中を透明のラインが縫うようにしてノエから三通目のメールが届いた。携帯ではなくパソコンからなので、実家にいったんもどったのかもしれない。ずいぶん長い文面だったが、「父になにか刺激を与えたほうがいいと先生に言われて、耳元で音楽のカセットを流すことにしました」という唐突な一行ではじまる。

「曲は淡谷のり子の「別れのブルース」。タイトルがちょっと不吉だけど、毎日聴いていた定番なので、これにしようということになったのです。耳にテープレコーダーを近づけると、はじめはなんの反応もなかったけど、少しすると音のするほうに首が傾きました。瞳も動いているのが閉じたままでもわかりました。夢を見ているときに眼球が動くように、瞼の下の膨らみが右に左に動くんです。

と思うまもなく、目尻からすーっと滴が流れ落ちました。目から出たのだから涙というべきかもしれないけれど、涙という感じじゃなかった。体内の水分が水滴になってあふれでたような感じです。

このところ、生きている実感が薄れつつあったのでびっくりしました。聴覚は最後まで残ると言うけれど、ほんとなのね。人と交わることはできないけれど、外界との交信はつづいていて、何かをキャッチしようとしているんです。つまり、意識の鮮明な状態だけが生の姿ではないのかもしれない。もしかしたら意識できることなんて生きている状態のなかのほんの一部で、そのまわりをとりまいているもっと大きなものが、本人の預かり知らないところで何かを受けとろうとして働いているのかもしれない。そのもうひとつの意志を感じ、果てしないものに触れたような神聖な気持ちになりました」

会社を辞めて半年くらいたったころ、体がくたびれて仕方がないことがあったのを思いだした。病院では異常はないと言われたけれど、何をしてもすぐにへこたれ、家にこもりがちになり、人にもあまり会わなくなった。

ところがその時期、木や草は以前にはなかった親しさで寄ってくるようになったのである。道を歩いていると、知らないうちに木の下に立って眺めていた。あれ、また来てしまったと思いながら、ぜんしんで緑を呼吸し、葉っぱの輪郭を目でたどる。するとそれがたちまちエネルギーに変わり、体のなかに染み込んで活力になる。体というのはなんと健気なものだとそのときに思った。自分の知らないところで必死に生きようと動いている。その無言の意欲にほだされた。

いつのまにかガラスの曇りが消えて外の風景がはっきり見えた。なにもかもがくっきりと鮮明で、一度自分のなかに入って出てきたように親しく感じられた。ああ、この庭を知っている。たしかに見たことがある。心の中でそうつぶやきながら、ひとつひとつを目でたどっていった。中庭を照らす常夜灯の柔らかな光。つんつん尖ったソテツの葉と曲がりくねった幹。濡れて色が濃くなった外階段のステップ。手すりについた水滴。横に並んだ銀色のポスト。玄関のフローリングの床、立ったまま眠る人のようにガラスに寄りかかるノエの自転車。光った鼻を持ち上げて鳴いているジュリ。

さあ、キッチンに行って彼女に夕食を作ってあげよう。

水のゆくえ

音もなくあいた自動扉を抜けて、広いエントランスホールを横切るとき、受付カウンターに目をやった。見る必要はないのにいつもそうしてしまう。板ガラスを何枚も重ねた大きなカウンターに、受付嬢が座っている。ガラスウォールから入る西日が念入りに化粧をした顔をまっすぐに照らしているが、じっと前を向いたまま身じろぎひとつしない。

もともと人の出入りが少ないうえに、地下にあるスポーツクラブに直行する客がほとんどだから接客の機会はあまりない。しゃべりも動きもせずに座っているさまが、なにかの修業のようだ。まぶしくないはずはないのに、まばたきひとつしない。いまも男がひとり入ってきて、まっすぐに最短距離でエレベーターに歩いていったが、彼女は別空間にいるように背筋を伸ばしたまま、西日との交信をつづけた。

エレベーターが下降し、ドアが開いて、蛍光灯の照らす白っぽい空間になった。トレーニングウェアを着た人たちが大仰に手足を前後に動かしている。前進も後退もしない。へッドフォンをはめて、鏡に映る自分の姿を見たまま、歩行マシンの上を歩いている。女子のロッカールームに入ると、いきなり空気が変わった。エアロビクスのクラスを終えた半裸の女性たちが、興奮をにじませた声でしゃべっている。背中でそれを受けながら、そそくさと水着に着替えてそこを出た。

プールはジムのように光がギラギラしていない。天井が高く、はるか上からライトが照らしているので、最初は仄暗い感じがするほどだ。それでも陰気に思わないのは、水中にライトが灯されて、ちょっと幻想的な雰囲気があるからだろう。エアロビクスやトレーニングルームに漂っている「健康こそすべて」というような雰囲気は苦手だから、プールにたどり着くと、ようやく自分のいるべき場所に来たようにほっとする。

手前のウォーキング用のコースに三人、奥のノンストップコースに一人、いつも使っている中央のワンウェイコースはだれも泳いでなくて空っぽだった。ステップを降りて肩まで水に浸かり、額のゴーグルをおろした。

両足を持ち上げて胸に引きつける。空気を注入したようにお尻がぷかっと浮き上がり、見えない力に吊り上げられるように背中が軽くなる。頭が下がり、うなじが伸び、体が前のめりになり、回転しそうになる手前で両手を広げると、体がすっと縦に起きる。足を底から離したまま、手をひらひらさせて海の藻のように揺れる。意志が希薄になって水任せになってくるこのとき、ふと、海を漂流して死ぬときはこんな感じかもしれないと思う。

死んでいくんだなと思いながらも抗えない。なんだかひどく気持ちがいいのだ。

泳ぐのはいつもクロールだ。平泳ぎはスピードが出なくてもどかしく、背泳ぎは首を維持するのが苦しくて、バタフライは水が跳ねて大袈裟で、やっぱりクロールが背筋も伸びるしいちばんだ。手先をへらの形にして交互にかき上げ、体をローリングさせれば、上げようとしなくても自然に腕が上がって前に進む。魚になったような気分だ。

体に感じる水の重さは日によって変わる。水切れのいいときはひとかきごとに前進し、このまま永遠に泳いでいられそうだけど、重いときは腕にまとわりついて五〇〇メートルを泳ぐのもしんどい。女子の水泳選手が自己ベストを破ったときに、エビアンの水のように気持ちよかったと言っていた。ふだんは忘れているのに、水に入ると決まってそのフレーズを思い出し、今日の水はエビアンのようだろうかと思う。

二五メートルを引き返したあたりから、動きがリズミカルになってきた。耳の横で心地よい水音が響き、その音に加勢されてさらにリズムが付く。タイルの目地までがくっきりと見える。バンドエイドが丸まったまま沈んでいる。水の色は緑を遠ざかるほど濃くなり、むこうサイドは見えない。まるで永遠に水がつづいているような深い色でプールにいることを忘れてしまう。青い水のむこうから、ある光景がやってくる。ふだんは思い出さないのに、エビアンの水と同じで、水の中にいると不思議な生々しさをともなってよみがえってくるのだ。

あるとき、アクアラングをつけて海に潜った。はじめてだった。自分が手を引いてあげるから大丈夫だと言われて、講習を受けないまま、男の手につかまって入ったのだ。浅いところで呼吸の仕方を練習し、コツがつかめたとみなされ、深いところに連れていかれた。どのくらいの深さだったかわからない。岩が屹立し、海草が大樹のように揺れ、あらゆるものが巨大に見えた。飲み込まれてしまいそうな迫力だった。

と、つぎの瞬間、いままで見えていた岩や海草がいっさい消えて、青一色の空間になった。ただ青いだけで距離がない。とてつもなく奥行きがあるようにも、まったくないようにも思える。いまだ経験したことのないグラデーションのない均質の青は、無限という言葉が物体になって迫ってきたように恐ろしかった。

こんなところにはいたくない。早く上がりたい。恐くなって男にそう伝えようとしたが、マスクを付けているので声にならない。手を引っぱって示そうとしたら、先に進みたいのだろうと思われ、もっと奥に連れていかれた。意志が通じないことがさらなる恐怖をかき立てた。自分の呼吸音が恐怖映画の緊迫シーンのように耳に響く。口の中がからからに渇いて息が苦しくなり、喉がひりついて、思わず呼吸器に手をかけた。ここで外したら命取りになるのに、そんな判断もつかないほどパニックに陥っていた。

水に浸かっているといつも思う。暗い水底があの無限の青の領域につながっているということを。

一階に上がったときは、もう日が落ちて暗くなりかかっていた。受付嬢の姿はなく、カウンターには「本日は終了しました」という札が立っていた。がらんとしたホールを抜けて外に出ると、隣の野球場の生け垣が夜間照明に照らされてCGの画像のようなシルバーっぽい色に光っている。歩道のむこうから野球見物の人が流れてくる。前を見たまま同じ表情で近づいてきて、吸い込まれるように水銀灯の明かりのなかに入っていく。駅に着くころには試合がはじまり、ワーッという歓声が夜空にこだました。

簡単なもので夕食をすませ、あと少しなので今晩中に読み終えたいと思っていた本を開いた。最後の一行が終わってふっと息を抜いて時計を見ると、もう十二時近くだった。寝る前に風呂に入ろうか、プールで入ったからもういいか、などと迷ったあげく、入ったほうがよく寝付けると思い直してスイッチを入れに行こうとすると、玄関のドアを激しく叩く音がした。

こんな夜更けにいったいだれだろう。ドアアイをのぞくと、女性のようだった。少し安心して「どなたですか」と訊くと、ざらついた声が「下の者です」と答えた。

通路の明かりを背にして、蝶々の模様のブラウスに、黒のスパッツをはいた女性が浮かび上がった。爪先にひっかけている銀色のサンダルが尖っている。

「ちょっと、水を出しっぱなしにしてない?」

女は全身にトゲが生えているような苛立った口調で切り出した。

「いいえ、いま水は使ってませんけど……」

そう答えながら、一瞬風呂の水を止め忘れたのかと思ったが、昨夜のお湯をわかし直しただけで水は入れてない。

帰宅したら部屋の中が水浸しになっていた。カーペットはぐしょ濡れだし、箪笥の服もぜんぶだめ、ベッドだって湿気って使えない。女は一気にそうまくしたてると、「お宅じゃないなら、こっちかしら」と言って、隣の部屋のドアを叩き出した。

その部屋には会社勤めの独身男性が住んでいるが、ここ数日帰ってきた形跡がない。新聞がドアポストからあふれて落ちそうになっている。

「じゃあ、いったいどこなのよう！」

女は悲鳴に近い声を上げたかと思うと、大きな平べったい顔が芙蓉の花のように見る見るしぼんで目尻から滴があふれた。お白粉がはげて頬に涙の筋ができる。目は焦点を失っているが、水分は意志あるもののようにとめどなく流れつづけた。

夜、疲れて帰ってくると玄関にいつもとちがう気配がある。電気のスイッチを入れると、カーペットの色がいつもより濃い。奇妙に思いつつ靴をぬいで上がると、足の裏がぐじゅっと濡れる……。いったい何が起きたのかわからない。明らかなのは、出たときはふつうだった部屋が、いまは水びたしになっているということだ。

一緒に下におりてみると、ドアをあけたとたんに水のにおいがした。水にも確かなにおいのあるのをはっきりと感じながら床に目をやると、想像どおり浸水は玄関にも及んでいた。ぴったり敷き込んだサーモンピンクのカーペットが変色している。「濡れるからこれを履いて」とスリッパを出してくれたが、それを履いても底から水が染み込んできて、湿原を歩いているようだった。

間取りはうちと同じでリビング・ダイニングとベッドルームの二間だが、中の雰囲気はまったくちがった。寝室には白いヘッドボードのついたダブルベッドが中央にどんと置かれ、レースの縁どりの付いた白い布団が載っていた。枕元にはぬいぐるみがぎっしり並び、白地に金色の縁取りのある揃いの洋服簞笥と整理簞笥と鏡台が壁にそびえるように並んでいる。どの家具も大きくて派手で芝居じみていた。

部屋ぜんたいが水中から引き上げた箱のように重たく、半開きになったタンスの扉から、絞らずに干した洗濯物のようにぐっしょり濡れた洋服がのぞき見えた。すぐ上の天井の石膏ボードがはがれて水が落ちている。ぽつりぽつりどころではない。パッキングのゆるんだ水道の蛇口のようにツツツーッと垂れていて、タンスのまわりがいちばんひどくて、歩くとぴちゃぴちゃと音がした。

これほどの量の水がいったいどこから来たのか不思議だった。五時過ぎに家を出たときは何も異常はなかった、そう彼女は言って信じられないというふうに首を振った。どうやらここ数時間の出来事で、水源はいまも開いたままなのだった。

前にいたマンションで、洗濯機の排水のホースがトレイからずれて床に水があふれだしたことがあった。ドアから水が這い出ていたので気がつき、すぐに処置したが、ほんのわずかな時間なのに洗面所の床ぜんたいに水が盛り上がっていたのに驚いた。バスタブに張った水はそう感じないのに、床に溜まった水はやけにたくさんに見えた。

こんな時間ではマンションの管理を代行している不動産屋には連絡がとれないし、とれたところで、もう水浸しになってしまったのだからどうしようもない。今晩はよそで寝るしかないだろう。

ビジネスホテルを探しましょうかと言ってみると、彼女はうつむいたまま返事をしない。「ホテル代はあとで大家に請求すればいいんですから」と付け足すとようやく、「ああ、そうね」と小さくうなずいた。

「電話してきます」と言いおいて部屋に上がった。今日は金曜日で終電に乗り遅れた人でホテルが混む日だから急がなくてはならない。インターネットで調べると、さいわい近くのホテルにシングルルームが空いているのがわかり、すぐに予約した。

一緒に通りに出てタクシーを拾った。女はつっかけサンダルのまま、小さなバッグを抱えてシートに座った。ドアが閉まるとき、「夜遅くに悪かったね」と言って、ほんの少し愛想のいい顔をした。走っていく車のテールランプを眺めながら、もうここにはもどってこないかもしれないと思った。

つぎの金曜にプールに行くと、先週よりも混んでいた。気候が暖かくなり、泳ぎたい人が増えたのだろう。ワンウェイコースもノンストップのコースもいっぱいで、七、八人が同じスピードで一定の間隔をあけながら回遊魚のようにまわっている。ウォーキングコースで空くのを待つことにした。

水の中を歩くのは、ふつうのところを歩くのとちがって腿にずっしりと重みがかかる。手にすくうと指のあいだからこぼれてしまう水のどこにこんな力があるのだろう、と思うほど圧力があって、不用意に動くとよろけてしまう。足を前に出すことが強い意志を要する労働のように感じながら、プールの底を踏みしめて一歩ずつ進んだ。前にいる年配のおばさんが進むのがのろくて距離が詰まりそうで、半分のところでUターンすると、人がつづけてワンウェイコースから上がるのが見え、そっちに移った。

先にウォーキングをすると泳ぎがだんぜん変わってくる。手足の動きが軽くなって水をかきやすくなり、すいすいとおもしろいように進む。一〇〇〇メートルを泳ぐのに三十分もかからず、気持ちよく上がって水着のまま浴室に直行した。

エアロビクスのクラスはまだ終わってないらしく、洗い場は空いていた。さっと体を流して湯船に入ろうとすると、先に入っていた人が出ていき、ひとりだけになった。縁に両腕をのせ、顔を洗い場のほうにむけて体を反らす。タイルの表面を舐めるようにしてお湯がカランの下の排水溝に流れていく。上体を動かすたびにお湯があふれ出すのをぼーっと眺めているうちに、漏水が起きたのが先週の今日だったのを思い出した。ずいぶん前のように思えるが、ほんの一週間しかたっていない。

翌朝の九時ごろに、コーヒーを淹れているとドアを叩く音がして、水圧を下げるので水の出が悪くなる、場合によっては元栓を閉めるので水を溜めておいてください、と水道屋が言いに来た。どの部屋から漏れたのですかと訊くと、まだわからないと言う。専門家でもそうなのかと意外に思ったのが顔に出てしまったのか、相手は、「ともかく漏水を止めるのが先決です。水圧を落としたり断水するのもそのためです」と早口に説明して出ていった。午後から実家に帰る予定だったので、溜めておく必要もないだろうと思い、そのまま家を出た。

月曜日にもどってくると、マンションの入口にバンが停まっていた。前に会った水道屋が道具を積んでいたので、「どの部屋かわかりました?」と訊くと「どこの部屋でもなかったんですよ」と雲をつかむような返事がかえってきた。

天井を通っている水道管の一部が破裂したという。寒い地方では、冬に水道管が破れることがよくあるが、東京のマンションでそういうことが起きるとは信じがたい。そう言うと水道屋は、古いマンションではよくあることだと答え、最初は針先ほどの小さな穴なので、点検しても見逃してしまうが、あるときを境に水圧に耐えられなくなって一気にパンといくのだと言って、手の指をぱっと広げた。ふせぎようはないのかと訊くと、「ないね」と答え、「まあ、管を全面的に取り換えることだな」と言って笑った。

いまの大家は前のオーナーが事業に倒産してここを手放したときに買った人である。古くなった物件を買い叩いて都内で手広くマンション経営をしているといううわさで、いつも薄汚れたジャージを着て、野球帽を目深にかぶっている。

目が合うとなにかやましいことでもあるようにこそこそと逃げていく小心者だが、それだけではなくケチで強欲なことが、この事件をきっかけに判明した。マンションを購入するときに配管の検査もしたが、異常がないと言われた、漏水について自分はいっさい責任はない、むしろ被害者なのだと言って突っぱねたのである。購入して何年もたっていることや、被害にあった女性に同情する気持ちなどは毛頭ない。こういう人が金を溜めるという見本のように、自分の言い分だけを主張して押し切り、結局、彼女は別の場所に越していった。不動産屋に諭されて、引っ越しの費用だけはしぶしぶ出したらしいが、家具や洋服の補償などはまったくしなかったという。

ふせぎようがないという水道屋の言葉が耳に残り、しばらくは家にもどるのが恐かった。理由がわからないということは、つぎは自分のところであってもおかしくないわけで、玄関の前でまず水が染み出ていないのを確認し、それからドアを開けて中のにおいを嗅ぎ、異常がないとわかるとはじめて壁のスイッチに手を伸ばす。

それにしても、どうしてあの女性の部屋だけに漏れたのか不思議だった。天井はひとつづきだから、どの部屋に垂れてもおかしくないのに、よりにもよって彼女の部屋が選ばれたことに、気の毒に思いつつも謎めいたものを感じた。

思い返してみると、あの夜、彼女が玄関に現れたとき、虚を衝かれた感じがしたものだ。マンションの住人には地味な雰囲気の独り者が多い。いや、そのときまではそう思っていたのだが、彼女の印象はまったくちがっていた。蝶々柄のブラウスといい、先のとがった銀色のサンダルといい、化粧の濃い顔といい、水商売特有のケバケバしさにあふれていて、ああ、こういう人も住んでいたのかと思いがけない気がした。

そして彼女の部屋に入ったとき、意外さは二重になって襲いかかってきた。同じ間取りの部屋がまったくちがう家具に囲まれ、水に浸されて、異空間になっていた。外からは伺い知れない秘密が水の導きでぱっくりと口を開けたようだった。見てはいけないものを見てしまったような戸惑いは、彼女を見送ったあとも体に残り、すぐにもどる気がしなくてコンビニに寄ってしばらく棚のあいだをふらふらしてから帰ったのだった。

自動ドアの開く音とともにだれかが浴室に入ってきた。カランをひねって素早く体を洗い、こちらにやってくる。湯船の縁にお湯が盛り上がり、流れ出ようとする力と留まろうとする力が拮抗し合い、緊張している。彼女が足を入れたとたん、見えない膜が破られ、一気に流れ出した。タイルの上を滑るように流れて排水口に突進する、その素早さに唖然となった。さっきまでこの縁のところに留まっていたのに、もうあんなところに行ってしまった。

配水管の水も小さな穴を押し広げて外に出た瞬間、行くべきところを知っている。暗い天井を這ってあの部屋を抜け、地下の川に落ち、ひたすら低いほうに流れて、青の領域、無限の奥行きへとむかうのだ。

タイ式マッサージ

なんの仕事をしてるのと訊かれてマッサージと答えると、たいがいの人は「十分間で肩もみします」というようなクイックマッサージが思い浮かぶらしく、最近増えてるよねとか、うちの駅のそばにもひとつできたな、などと言う。そういうのじゃなくて、タイ式のマッサージだと説明すると、こんどはへぇーと言ってちょっと距離をおいた表情になる。看板はそうでも実態はヘルスマッサージという店が多いからだろう。

高田馬場のマンションの五階に店はあり、ドアにはタイ文字で「ヌアボーラン」と書いてある。でも、読める人はまずいないから、はじめて来たときはなんだかいかがわしい場所だと思うかもしれない。思い出してみると、自分もあのドアの前に立ったときはちょっと怖かった。面接に来たのだが、ドアを開けたが最後、手首をぬっとつかまれて引きずり込まれそうな気がしたのである。やっぱり「マッサージ」という言葉に惑わされていたのかもしれない。

中はなんとも不思議な空間だった。廊下を進むとリビングルームのような部屋があり、窓のむこうのベランダには、さまざまな南国の植物が植わった空中庭園がのぞき見え、両手を合わせた石像の横には、かわいらしい池まであって、水蓮の下を金魚がひらひら泳いでいた。

部屋には独特のにおいが漂っていた。タイでよく嗅いでいたお香で、そのにおいを感じたとたん、体が飴のように溶けてタイのお寺の空気がまざまざとよみがえってきた。境内の一角に露天のマッサージ屋があって、午後の空いた時間によく出かけた。縁台の上に寝ころんで、よしずから漏れる光を瞼に感じながら体をもんでもらう。忘れがたい至福のひとときだった。

藤製の椅子、チーク材のテーブル、壁際の飾り棚……。焦げ茶色のカラーに統一された南国風の家具が白壁をバックに引き立っている。バンコクの友人の家の居間を思い出すようだ。椅子の下には色鮮やかなものがある。絹地で作られた、目が覚めるような色のクッションで、足を載せるためだが、日本の人はそんな美しいものの上に足を置くのは、ちょっとためらうかもしれない。

ヌアットはマッサージ、ボーランは伝統的の意味で、それを縮めて言うと「ヌアボーラン」になる。だからドアのサインは風俗マッサージではなくて、古式ゆかしいマッサージだと謳っているわけだが、素っ気ないスチールのドアの内側がこんな空間になっているとは思いもしないだろう。まさにリトル・タイランドだ。

パリに住んでいる友人から、知り合いがそっちに行くので案内してくれと言われて、カタコトの英語で新宿をツアーしたことがあった。これこれの場所に行くようにという細かい指示がメールで届き、そのとおりにまず居酒屋でちょっと食べ、裏通りの小さな雑居ビルのなかにあるバーに連れていった。

油臭いひどくゆっくりなエレベーターで四階に上がると、そのバーがあった。深海を思わせるブルーの空間で、小さなライトがところどころに灯っている。ジャンという名の青年は首を左右に振りながら信じられないと叫んだ。ヨーロッパでは建物の外観は内部と関連しているから、中がどんなふうになっているか外から想像がつく、ドアを開けてぎょっとすることはありえない、と尻上がりのアクセントの英語でまくしたてる。彼は外観をイクステリア、内部をインテリアと表現し、そうか、インテリアとイクステリアは対語だったのかと妙なことに納得していると、彼はなおも、どうしてこのビルの中にこういう店があるとわかったのか、と真剣な顔で訊いてくる。人づてに知るのだと答えると、でも東京はこんなにビッグじゃないか、と釈然としない表情だった。

考えたら不思議なことだ。果てしなく広がる東京の街がそもそも謎めいているのに、そこに何十万というビルがあり、そのひとつひとつに別の空間が潜んでいる。すぐ下の階にある店はのぞくこともなく一生を過ごし、その上の階の店にはわが家のように入り浸る。

植物によって群がる昆虫がちがうように、ドアの数だけ異空間があって、別の人間が溜まっている。彼らはビッグな東京で居心地のいい場所を見つけてはエネルギーを注入しているのだ。

このマンションも、両隣はオフィスのようだが、なんの業務をおこなっているのかわからない。一階の郵便受けもカタカナ表記の名前が並んでいるだけで、そこで働く人に会ったこともない。最近、英国式とか、中国式とか、韓国式とか、いろいろなタイプのマッサージが流行っているけれど、それがおなじフロアにあったらさぞや奇っ怪だろう。薄い壁のむこうにイギリス風だったり、中国風だったり、韓国風だったりする部屋があって、そこで日本人が寝ころんで足をもんでもらっている――。

マッサージ・ルームはリビングを挟んでふたつある。それぞれの部屋に寝椅子とマットがあるが、鍼や指圧の診療室とはまったく雰囲気がちがう。窓にシェードが下がり、ぼんぼりのような明かりが下がっているだけで仄暗い。陽射しは入りすぎないほうが神経が落ち着くのだ。壁にかかった古い織物、象の彫刻、陶器が置かれた飾り棚、脱いだ服を入れておく籠、着替え用の上下の服、盆の上の水差し……。何をとっても「治療室」のにおいはしない。

日本で講習を受けてからタイのマッサージ学校に行って、帰ってきてすぐにここで働きだした。講習で知り合った人が、スタッフのひとりがいなくなって人を探しているサロンがあると声をかけてくれたのである。タイ人のボーイフレンドができてむこうに住むことになったというよくありがちな話だったが、ともかくその人が抜けたおかげでわりといい条件で仕事につけたのだ。

勤務時間は午前十一時から夜八時で、昼間は比較的空いていて、夕方ごろから込み出す。でも、ときたま開店と同時に現れる人もいて、この日も着いてみると十一時半に上原さんの予約が入ったと山崎さんに言われた。昨日はひっきりなしに来たので、今日は少しスローペースにしたかったけど、彼ならいいとしよう。

「彼、肩の凝りのこと言ってました?」

「前よりいいらしいけど、完全てわけじゃないみたいよ」

山崎さんはそう言って帳簿をパタンと閉じ、テーブルに散乱していた領収書をかき集めた。山崎さんは六十を過ぎたくらいの歯切れのいい元気なおばさんだ。以前は自分でもマッサージもしていたが、歯切れがよすぎて少々粗忽なところのあるのを自覚して、サロン経営に専心することにしたそうだ。

いまから来る上原さんは三十八歳と書類にあるけど、見た目はもう少し老けている。髪が薄くて、目をしょぼしょぼさせて、いつも申し訳なさそうな顔をしている。でも、お客はだれもそうなように、彼も顔よりも体の印象のほうが強烈で、名前を聞いたとたんに即座に石のように固まった肩の感触が浮かんできた。どうやったらあんなに硬くなるだろうと思うほどのひどい凝りだ。

はじめて上原さんが来たのは、ここに勤め出して間もないころだった。永井さんという男性のスタッフを指名したけれど、たまたま彼の予定が埋まっていて、だれでもかまわないと彼がいうので担当することになった。永井さんはここがオープンして以来ずっと働いているベテランで、男女のどちらの客にも評判がいい。彼のピンチヒッターをするのは重荷だったが、この際しょうがないと思ってやったのだった。

ところが上原さんはつぎに電話してきたときも自分を指名した。「どうする？」と電話を受けた山崎さんが言った。あまり力がないので、できれば女性客にしてくださいと伝えてあったからだ。いやなら断ってもいいと彼女の顔に書いてあったが、「いいです、やります」と答えた。大男ならば手に余るけれど、彼は小柄だし筋肉質でもなかった。

それ以来、上原さんは自分が担当する唯一の男性客になった。いつも「近くにいるんだけど、いまからいいですか」と突然電話してくる。製薬会社の営業で、都内の病院やクリニックをまわっているが、その空き時間を利用して来るのだ。

そろそろ時間なので物置になっている浴室から掃除機を取り出し、玄関からかけていった。途中で電話が鳴ったような気がしてスイッチを切ると、「はい、承知しました」という山崎さんの声がした。

「仕事が早めに済んだんだって。あと十分くらいで着くみたいよ」

素早く掃除を済ませてお茶の用意をし、ちょうど終わったところにピンポンとドアチャイムが鳴った。

上原さんはしおれた花のような沈んだ様子で入ってきた。眉間に縦皺が刻まれ、皮膚は弾力を失ってハロウィーンに使うゴム仮面のようだ。

「肩の凝りはいかがですか」

と訊くと、

「ずっと調子よかったんですけど、昨日、客とちょっと行き違いがあって、それでまたコチコチになってしまって……」

と言って彼は肩をすくめて前後にまわし、ボキッと枝の折れるような音をさせた。着替えをしてもらい、足温器の用意をした。お湯を充たして底から軽い振動を送るもので、緊張をほぐすのと洗浄の意味がある。

着替えが終わった気配を感じて足温器をもって部屋に入ると、紺色のスーツから小豆色の木綿の上下に着替えてメガネを外した上原さんは、突然ラフな印象になって日曜日のお父さんのようだった。ズボンの裾をたくしあげて足温器に足を入れる。体毛が濃くて黒い股引をはいているようだ。お湯が揺れてさざ波が立つと、黒いすね毛が藻のように揺れ、いつもおもしろいなあと思って見てしまう。

タイマーが切れた音がして部屋にもどると、上原さんは足をお湯にいれたまま、寝椅子の上でいびきをかいていた。ひざまずいて膝の上に足をもちあげ、タオルで包んで指のあいだを一本ずつていねいに拭いていく。どの指も付け根が細くて先にむかってふくらんでいて、しかも長い。足ぜんたいが三味線のバチのような形に末広がりになっている。

タイで講習を受けたときによくタイ人の足をもんだが、彼らの足がこうだった。ゴム草履やサンダルで歩くからだろうか、指が太く長くて間隔が開いている。反対に欧米人の足は指がもっとくっついていて、手の指のように根元から先までの太さが均一だ。上原さんがどこの出身か知らないが、都会育ちではないような気がした。靴を履くことの少なかった先祖の遺伝子が、毛深い足の中に脈々と流れているように思えた。

左足に移ろうとしたとき、寝椅子の上の上原さんがゆっくりと目を開けた。ここはどこだろうという顔をしてしばし天井に目をやり、またゆっくりと閉じた。手にとったオイルを足先からすねのほうに丹念に延ばしていく。女性の足とは感触がちがい、ごわごわした絨毯を触っているようだ。

タイ式マッサージの特徴は足のマッサージを重視することにある。人間の体にはエネルギーラインが七万二千本くらいあって、タイ語でそれを「セン」と呼ぶ。「セン」は十本の幹とつながっているが、その幹のなんと六本が足に通っているという。それを刺激してエネルギーの通りをよくするのがタイ式の基本で、一時間の全身コースの四、五十分を足に費やす。

この足を重要視するという考え方が、自分に合っているらしいと最近気がついた。手や指は華やかな存在で、詩や歌にも出てくるし讃えられることが多いが、足はそうではない。「表情豊かな足」なんて言わないし、言われたところでどんな足を想像したらいいかわからない。

でも、華やかさとは無縁な足がじつはご主人様の体を支えているのだ。必要不可欠なのにそれを誇示しない、小さな独立国のように誇り高い足。

細いスティックの先端を甲の表面に走らせる。骨の隙間にたまっているものを、箒で掃き出すように、足首から爪先にむかって何度も往復する。しだいに緊張がほぐれて足が語り出す。はじめは小さなつぶやきだが、しだいに耳が慣れて聞き取れるようになる。そろそろ上原さんの足がしゃべりだしたようだ。

——この人は歩き出すのがおそくて、いつまでもハイハイばかりしていた。足が歩くためのものだというのを知らないように、爪先をしゃぶったり、空中でバタバタさせたりして立ち上がらないものだから、お医者に連れていかれて、引っ張ったり、ねじったり、レントゲンを撮られたりした。何も異常はありません、と言われたとたんにどういうわけか歩くようになった。それから、まあ、こちらの苦労がはじまったわけだ。いったん歩き出すと上達は早かった。大きな頭を揺らしながらたったたったと走る、その姿がエリマキトカゲに似てるっていうんで、小学校では評判だった。運動会のときは必ずリレーの選手で、しかもアンカーだった。最後にぐんぐん抜いてゴールのテープを胸で切るときは、誇らしかったねえ。田舎だったからみんな靴を抜いて裸足で走っていたが、その裸足の足にみんなの視線がそそがれるのがわかった。

いまはああいう喜びがない。一日中、堅いものに包まれていて本当に窮屈だ。内勤なら机の下にサンダルを入れておいて履き替えることもできるけど、なにせこの人の仕事はセールスマンだから、臭くて、汚くて、むし暑いあの靴の中にいつもいなければならないんだ。

ときどき砂浜を裸足で歩くときの夢を見るよ。肌に砂が触れるときのあのこそばゆいような感じ。足先がずぶずぶと入っていく、やわらかで頼りない喜び。まわりの砂が波にさらわれ、足形に残った小さな島に立ったまま、つぎの波を待っているときの心細い気持ち……。この人がまだ歩くことを覚えていなかったころの、足が戯れる相手だったころの、あの埃臭い記憶のすべてが懐かしい——。

マッサージの仕事をはじめる前は動物のトリマーをしていた。犬とか猫の毛を美容師のようにカットする。机で一日中パソコンにむかうような仕事はいやだし、かといって外で人と積極的に渡りあったりするのもむかない。手先を使う仕事、それも生き物相手ならいいなと考えたとき、トリマーの仕事が思い浮かんだのだ。

はじめはいろいろな犬を触れられておもしろかった。プードルの尻尾や足に浮輪のような刈り込みを入れたり、フォックステリアの顔を四角く刈ったりする。トリムするとしまりのない顔が勤め人のようになるところは犬も人も同じで、笑ってしまうほどだ。

でもあるときふと、いったい犬の毛をカットしてどうなるわけ？ と思ってしまった。お客さんのなかには競技大会に出る人も多く、刈り方に細かい注文をつける。あの犬がどこそこの賞をとったの、とらないのというような話題も多く、最初のころは話を合わせていたが、しだいにうんざりしてきた。いったんそう思ってしまったら、つづけるのはむずかしく、二年目に入ったところで辞めた。

人の体はとても奥が深い。いや、犬の体だってそうにちがいないけれど、人の反応は自分が人間だからよくわかる。緊張がほぐれるにつれて触れられることを歓び出す。腸が動いておならが出たり、涙が出たり、よだれが垂れたり、ぜんしんで気を許してくる。こういうとき、人の体ってなんて健気で正直なんだろうと思う。持ち主の性格とか、家柄とか、職業とか、収入とか、社会的地位とかに関係なく、死の瞬間まで与えられた任務にいそしむ。その努力はオーナーには気づかれないむくわれないものだが、仕事を辞めることはしない。ミッションの放棄は死を意味するのを知っているのだ。

最近、ずっと忘れていた子供のころの出来事を繰り返し思い出している。もしかしたらいまの仕事に就いているのも、あのことが関係しているかもしれない。小学五年のとき、ほかの学校から移ってきたばかりの先生が体育を受け持った。体育教師というと、ジャージ姿で大声で怒鳴っているイメージしかなかったけれど、その先生はちがった。物静かで、着ているものもジャージでなくて黒い筒形のズボンで、しゃべり方も落ち着いていた。

授業の内容も変わっていて、体を使ったゲームのようなことをさせる。もちろん、走ったり、体操したり、ボールゲームなどもするけれど、そうしたカリキュラムのあいまに、これまでやったことのないようなものを混ぜるのだ。

たとえば、両手を後ろでしばったままマットの山をくぐらさせるというのがあった。手が使えないので体のほかの部分を必死に動かさなければならない。体の一部を壁に接触させたまま移動させたこともあった。お尻をつける子、脇腹をつける子といろんな子がいたが、くっつける場所がちがうと体のフォルムが変わり、ダンスしているみたいな姿になるのがおもしろかった。今日はどんなことをするだろうと思うと、それまで苦手だった体育の時間が楽しみになった。

あるとき、校庭で授業している最中に雨が降り出し、体育館に移動した。体操着が濡れたの、濡れないのと友だちと騒いでいると、どこから持ってきたのか布きれの束を掲げながら先生が「今日はこれで目隠しをしたまま授業をすることにします」と言った。みんなは抜き打ちテストが行われるときのように「エーッ！」という尻上がりの喚声を上げた。

「この布で目の上をしっかり縛って目隠しをして、それができたら口も閉じて、最初に手で触れた相手とペアを作ってください」

「エエーッ」という喚声が、さらにボリュームアップして体育館に響きわたった。五年だから十分に性のちがいを意識しあう年ごろになっていた。親友のミカちゃんと組めたらいちばん無難で、みんなから「ゴミ」と呼ばれている瀬田君だったら最悪。でも憧れの横山君とペアになれたら最高！　なんてことが一瞬のうちに頭を駆けめぐって体が熱くなった。みんなもおなじようなことを思っているらしく、先生が騒ぎを制すると、息を呑むように静まり返った。

クラスぜんいんがばらばらに離れて床に座り、目隠しをした。それから立ち上がってその場でゆっくり回転した。右に一回、左に二回、もう一度右に一回。それから前に五歩、右に三歩というふうに、先生が指示するとおりに動いた。何も見えないので動作がおぼつかず、一歩横に踏み出すのも恐る恐るだった。動きに神経を使ううちにどっちの方角をむいているかわからなくなり、だれがまわりにいるかを考える余裕もなくなった。

「最初に手の触れた人とペアになってください」

先生の澄んだ声が響き、手を伸ばして周囲をまさぐった。右手がだれかの肩に触れ、その手が髪の毛に伸びたとき、ぎくっとした。男子だった。でもだれかは見当がつかない。

「右手を出して握手しましょう」

遠くから届くような声がして掌を合わせてぎゅっと握った。どっちの手もじっとりと汗ばんでいた。

「つぎに背中を合わせて、そのままの姿勢で床に座ります」

手を離して体を半回転させて相手の背中を探した。背骨がぴたっとあわさると、木箱の蓋がはまったように気持ちよかった。

背中を離さないようにゆっくりと慎重に腰を下げていく。口が使えないから、触れている部分で気持ちを伝えるしかない。相手の背中に身を預けて少しずつ膝を屈めるうちに、背中に意識が集中して発火するような熱さになった。だれと一緒なのかはもう頭になかった。「ゴミ」の瀬田君か、あこがれの横山君かという考えは消えてしまって一緒に体を動かすことにのめり込んでいった。

すると、それまで感じたことのないような不思議な感覚が湧きおこった。回転ドアを押したように、○○君という部分を突き抜けて内側に入ってしまったようだった。森のように広くて奥行きがあり、全体が見えない。だが、怖い感じはしなくて、誘い込まれるようにどんどん入っていける。進入するごとに歓喜が湧き上がった。

クラスのみんなを眺めているとき、よくシニカルな視線になってしまうことがあった。ダサいとか、気取っているとか、感じ悪いとか、トロいとか、ネガティブなイメージが浮かんで距離ができてしまうのだ。でもいまはそんな感情は完全に消し飛び、くっつけ合うことにひたすら没頭できている。相手もおなじように感じているのがわかり、それがより気持ちを高揚させた。

床に腰がついたとき、興奮は頂点に達した。ふたりの体が融合し、輪郭を失って、熱い流動物になった。溶け出しそうになるのを背中でこらえながら息をした。夢中なだけでなく、相手をいとおしく思う気持ちが湧き起こってきた。それははじめて感覚する感情で言葉にしにくかったが、たぶん信頼という言葉がふさわしかったのではないかと思う。信頼し、されることで生まれる何かを感じとり、その感覚が生み出す歓びを味わった。と同時に、とても不思議な感じもした。目隠しをして体を触れ合うというたったそれだけのことで、こんなにも世界の感じ方が一変してしまうなんて。

そのときの相手がだれだったかはいまだにわからない。先生がペアをばらして、だれと組んでいるかわからないようにして目隠しを外させたのだ。目が開いてひとりひとりの顔が見えたときの感覚は強烈だった。さっきまでは触れた体のなかにクラスぜんいんの気配を感じ取れたのに、目を開いたとたんにちりぢりになってテレビのなかの人間のように小さくなった。それは不気味なほどの距離感だった。一体となった至福感はどの顔とも結びつかなかった。そっとやってきて去っていったとしか思えなかった。

この世には目に見えているのとは別のもうひとりが存在することを、あの日以来、ぼんやりと考えるようになった。そしてマッサージをはじめてから、その確信はますます強くなった。見えている人の裏に隠れているものが、その人を支えたり、支配したりしている。それを見つけ出して、神経を集中させる。「見えている人」に惑わされて出会えないときは、目をつぶって視覚をオフにすればいい。効果はまもなく現れ「見えないもうひとり」がやってくる。「見えない人」の表面はやわらかく、寛容で、手が導くままに付き従っていけばいい。

施術を終えて上原さんを見ると、首が壁にかたむいて、口の端からよだれが垂れていた。しばらくそっとしておこうと部屋を出てお茶の用意をした。マッサージの後は少し甘味のあるものを口に含むと体が落ち着く。冷蔵庫から葡萄を出して皿に盛り、お茶と一緒に盆に乗せて運んでいくと、まだ眠っていた。

そろそろつぎのお客さんが来るので起こさなければならない。そっと肩をゆすると、むこうをむいていた首がひっくり返り、その拍子に黒い毛の生えた手がこっちの手の上にのっかった。

狐塚公園

崖下にぎっしりと並んだ自転車が、車一台がやっと通れるほどの道をもっと狭くしていた。むこうから車が来るたびに足を止めて体を横にする。崖の上には電車が走っていて、その音が頭上に降り注ぐ。歩いているときは感じないのに、止まるとボリュームが一気に増すのだ。じっと立ったままやりすごし、車が来るとまた同じことを繰り返す。

落書きだらけの黒ずんだ崖は以前と少しも変わらないが、道の反対側の商店は驚くほどの変貌ぶりだった。薬局だったところはコンビニになり、八百屋は携帯電話店になり、その先に開店した丼物の専門スタンドのところは前がなんだったかもう思い出せない。どの店もライトをチカチカと光らせて客集めに懸命である。

あたりは専門学校が多く、授業の終わったところなのか、学生が道いっぱいに広がりながら通りに出てきた。「行けばわかるよ」と携帯電話で話している声がする。その通りだ、行ってみればわかるんだ、とつぶやきながら彼らが出てきた道を急ぎ足で進んだ。

店は前と変わらぬ姿で建っていた。入口のマットに乗るとびっくりしたように自動ドアが開いて、湿気と黴と埃とがミックスした臭気が漂い出た。とたんに懐かしいような気持ちがわいてきて、その反応に自分でたじろいだ。まるで遠い過去の出来事を思い出しているようだった。そんなに前じゃないというのに。ほんの一ヵ月足らずのことなのに。

ある日、二日ほど留守をして帰ってくると、溜まっていた郵便の中に電話会社の封筒があった。いやな予感を覚えながら開くと案の定、銀行の預金残高が不足して引き落としができなかったという知らせだった。そんなに使った覚えはないのに月々の請求額が何万にもなる。ガス、電気、ローン、年金、とほかにも引き落としがあるので、金が入った途端に出ていく。

まもなく先月分の仕事の振込みがあるはずだが、焼け石に水でジュッと音を立てて消えてなくなると思うとつくづくいやになった。請求書で紙飛行機を折って寝転がったまま飛ばしていると、本棚の二段目の本に当たって落下した。身を起こして見ると、だいぶ前に買った囲碁の本だった。囲碁でも覚えておやじの相手でもしてやろうと思って買ったのだが、結局、一度もしてないし、本だって読んでもいない。見ているうちにむしゃくしゃして売り払いたくなり、その場で古本屋に電話した。

三日後に小型トラックが来て、必要な本を残してきれいさっぱりと運んでいった。空っぽになったスチール本棚をばらして畳むと、部屋が広くなり、山から下りて一週間ぶりに風呂に浸かったときのようにすっきりした。

以前は毎日、古本屋をのぞかないといられなかった。買った本を近くの喫茶店で開くとはじめて、今日という日が自分のものになったような気がしたものだ。絶版本だとすでに持っていても手が伸びたし、同じ作品でも別の版元から出ているのが見つかると買わずにいられなかった。高値で買えない場合は、その棚にあるのを確認するだけのために入ることもあった。

森に分け入り、下草や枯れ葉の下に目を凝らし、あそこにありそうだなと勘を働かせて、駆け寄っていく。古本をあさるのは山菜摘やキノコ狩りに似ていた。出会えるか、出会えないか、その瞬間までわからないところが興奮をさそう。発見できたときには、まるでこの世にピタッと照準が合ったように小気味いい。

蔵書を売り払って以来、憑き物が落ちたように店から足が遠のいていたが、こうして久しぶりに来てみると狩りの情熱がよみがえってくるようだ。沈殿していた情熱が独特のにおいに誘われて浮上する。何だかわけのわからないものに、負けてなるものかと奮い立つ。あのとき手放した本のひとつを探し出す必要に迫られていた。モロッコのマラケシュの迷路について解説したあきれるほどマニアックな本で、もうモロッコに行くこともあるまいと思って売ってしまったが、ある企画を出すために入り用になったのだ。

売った本のぜんぶがこの店に並ぶわけでないし、市場に出されて別の店に流れることもあるから、見つかる可能性は五分五分だったが、一刻も早くその結果を知りたいと気が急いた。ジャンル別に分かれた棚のあいだを抜けながら肌が上気してくる。焦るなと言い聞かせてても、その言葉を無視するように心臓の鼓動が高まっていく。

書棚の前にたどりついて一瞬瞼を閉じてから開くと、棚の一箇所にすっと目が吸い寄せられた。ほかの本は見えなくて薄くて平たいその本だけが視界に入った。まるでむこうが自分を見つけて合図を送ってくれたようだった。あった、よかった、とつぶやいて手を伸ばしたとき、天井の蛍光灯がいっせいに消えた。

窓のない暗い室内に古書のにおいがひときわ濃くなった。壁が立ち上がったように周囲から圧してくる。そろりそろりと通路を抜け、階段の壁に手を付いて一段ずつ下りた。レジにはローソクがともされ、女店員の顔を下から照らしていた。顎が異様にとんがっていて何かの動物を思わせる。本を渡すと裏表紙を開けて値段に目を寄せ、「二千七百円です」と声をひそめて言った。笑いそうになった。電気が切れたからといって小声で言うことはないのに、まるで秘密を打ち明けているような言い方だった。包もうとするので「そのままでいいです」と断ると、思わぬことに自分の声も小さくなっていた。

停電はあたり一帯の出来事らしく、外に出るとうす暗かった。むかいの食堂にもそのとなりの安売りショップにも照明がなく、明かりがほしい時刻なのに通りの街灯も消えていた。電柱のスピーカーから流れる商店街のアナウンスも止まり、人の姿も配達のオートバイも途絶えて、奇妙なほどひっそりした道はいつもより広く感じられた。

そのまま進んでいくと二股のあいだに建物がたっていた。さっきの場所からそんなに離れていないのに配線の区域がちがうのだろうか、窓から明かりが漏れている。近づくと喫茶店とわかり、ドアを押して中に入った。客はいなくて、白い上っ張りを着たマスターひとりが音の出ないテレビに見入っていた。上っ張りの前が濡れている。停電じゃなかったですかと言うと、「えっ?」と言って怪訝そうな顔をした。

席についてコーヒーを頼み、さっき買った本を取り出した。ページの表面が湿気ってでこぼこしている。ところどころに鉛筆のラインがあるから、自分が売った本ではないようだ。売るときのことを考えて線は引かないようにしている。それとも、買い取った人がまた売ったのだろうか。

よく見ると線の引き方が変で、「その街に着いたときはすでに日が落ちて暗かった」などというところにアンダーラインがしてあった。この本はエッセイ仕立てになっているものの、基本は街のガイドである。いったいどういう読み方をしたのだろうともっと繰っていくと、ページのあいだからするっと紙が滑り落ちた。椅子を引いて拾い上げると、罫のないメモ用紙に子供っぽい文字で、「3月4日、きつねづか公園で。ルビー」とあった。思わず腕時計を見た。今日の日付である。

この近くにきつねづか公園というのはありますかとマスターに訊くと、「あそこのことじゃないかな」と言ってテレビに目をやったまま説明した。いそいでコーヒーを飲んで勘定を済ませ、言われた方角に歩き出した。

歩きながら、なんてばかなことをしているのだろうと思った。たまたま買った本のあいだから今日の日付を書いた紙が出てきたにすぎない。「3月4日」といっても去年の「3月4日」かもしれないし、三年前の「3月4日」かもしれないし、本が出たのは五年前だからおなじ日付がもう四回もめぐったことになる。今晩中に企画書を仕上げなければならないから、こんなことをしている場合じゃない、と自分を叱りつけても効き目がなく、足が勝手に前に進んでいく。

3と4を足すとラッキーセブン。そう気づくとなんだかわけもなくうきうきした。夏にタイに行ったときにバンコクの宿の受付にいた女の子の顔が浮かんでくる。離れた大きな目をしていて、笑うとジッパーをあけたように口が開いてハロウィンのカボチャのような顔になる。それを見たくてくだらないジョークを言っては笑わせていた。何を言っても笑ってくれるのがうれしかった。

商店がとぎれて住宅地になり、人通りが乏しくなってきた。道がちがうような気がして自転車に乗っている人を止めて尋ねると、「あっちの方角です」と斜め後方を指さした。行きすぎてしまったらしい。進路を取り直してさらに歩くと、歩道の奥にもっこりした茂みが現れた。住宅が途切れてそこだけ黒い闇が染み出している。近寄ると入口に「狐塚公園」とあり、「きつねづか」は「狐塚」のことだったのかとようやく思い至った。

　高台の斜面を利用して造られた公園でけっこうな広さがありそうだ。崖下には池があり、カビのついた薄暗い蛍光灯が点いたり消えたりしている。だが見まわしてもルビーらしい人影はなく、ふくらんだ期待がまたたく間にしぼんでいった。かといってすぐに引き返す気にならず、手持ちぶさたなまま立ち尽くした。

　池の濁った水に自分の顔がぼんやり映っている。石を投げるとぽちゃんと音がして影が崩れる。意味もなくおなじことを繰り返し、人の気配を感じて振り向くと、だれもいないとばかり思っていたベンチに人が座っていた。ルビーという名前には似ても似つかない、風体からするとホームレスのような初老の男だった。

　膝に本を載せてうつむいている。うたた寝しているのかと思ったが、よく見るとそうではない。ページに載せた手を細かく動かしてはときどき表面を手で払っている。ベンチの横には本の詰まった手押しのカートがあった。どこかから拾い集めてきた本を書き込みを消して売りに行くつもりなのだ。なるほど、そんな方法があったか、と思わず笑いが込み上げた。資源ゴミの日に紐でくくった古本の山をよく見かけるから、こまめにまわれば段ボールを売るよりは稼ぎがいいかもしれない。金に困ったら自分もやってみるか。そうつぶやくと何やら元気が出てきて、帰るのをやめて公園の奥に入っていった。

　木立を縫っている散策路が崖の斜面をジグザグに登っていく。湿った土のにおいが立ち込め、樹木の香りが鼻にツンときた。山登りをしていた学生のころ、まだ夜が明けないうちに登りだすことがよくあった。ひっそりと暗い山は気配が生々しく、目が利かないぶん皮膚や聴覚が鋭敏になった。暗さは気になるどころか、昼間にはない妖艶なものを感じ、しっとり濡れた植物の精気に体が透けるような快感を味わった。

勾配がきつくなって、木々のあいだに見えていた池が遠ざかっていった。こんなに深い森だとは思わなかった。奥へ奥へと曲がりくねった道がつづき、闇はますます濃さを増し、それに呼応するように草木の精も濃密になる。

ふと横を見ると、山側の斜面が落ちくぼんで谷のようになったところに何かが建っていた。木はまばらにしか生えてなくて、地面は湿った落ち葉に覆われている。人の背丈ほどありそうだが、ちょうど枝に隠れてよく見えない。

降り積もった枯れ草に足をとられそうになりながら寄っていくと、神棚を大きくしたほどの木の社だった。石積みの台座にのっているので高さがある。扉の左右には瀬戸物の狐が座っていて、尻尾をぴんと立てて招き猫のように片手を上げていた。あっ、お稲荷さん、と思ったとたんにいろんなことが腑に落ちた。

むかしは都心でも崖のあるところには狐穴があったそうだ。いまもお稲荷さんが残っているのはそういう場所のことが多いと、どこかで読んだことがあった。ここも崖の様子といい、木立の具合といい、狐のすみかにもってこいだし、だいたい名前に「狐塚」とあるくらいだから、狐に関係ある場所であるのはまちがいない。

社は汚れて黒ずみ、白木の扉が半開きになっていた。しっかり閉まっていれば何も思わないのに、ほんのわずかに開いていたのが気になった。子供のころ、社の扉を開けようとして祖母にえらく怒られたことがあった。めったに叱らない祖母が形相を変えたので、しばらくは社を見るたびに恐ろしかったが、中がどうなっているのだろうという興味は、そのことでかえってつのってしまった。

右手がゆっくりと伸びていく。伸びているというより、引っぱられていくような感じだ。湿った扉に指先が触れた瞬間、心臓がきゅっとなって口の中に唾が溜まった。棚の上に何か載っているようだ。震える手でもう少し扉を開くと、それが見えた。自分が持っているのと機種も色も同じ携帯電話だった。思わず社に手を入れてつかみ取り、同時に、もう片方の手でジーンズの尻ポケットを探った。出るときに入れたはずの携帯電話がなかった。胸ポケットやバックパックのサイドポケットも調べたが、結果は同じだった。最後にかけたのはいつだっただろう。家を出る前にかけたような気がするが、あれは固定電話だっただろうか。

とそのとき、手にしている携帯にブルブルと振動が来た。取り落としそうになりながら耳に当てると、「もしもし」と自分の声でないような押し殺した声が出た。

「ノックンでしょ」甲高い女の声が応えた。

則継という名が言いにくいので家ではノックンと呼ばれていた。大きくなってからは名字の長島を縮めて「ナーガ」になったので、いまだにノックンと呼ぶのはおふくろくらいしかいないが、聞こえるのは母親とは似ても似つかぬ声だった。

「ノックンでしょ。ノックンでしょ。ノックンでしょ」

どうしてこの名を知っているのだろう。言葉にならない不快さが込み上げてスイッチを切ったが、すぐにまた振動がはじまった。同じ声が「ノックンでしょ。ノックンでしょ。ノックンでしょ」と連呼し、途中からピッチが高くなって、「ノッ」より「クン」のアクセントが強くなり、「ックン、ックン、ックン」と聞こえだした。

何か言ってやりたいのに喉がひりついて声にならない。受話器の穴から「ックン、ックン、ックン」という声が闇の中に広がる。得体の知れない生き物がしゃっくりしているようだ。体に震えがきて歯の根があわなくなり、カチカチと鳴った。止めようとしても止まらず、口の中でカスタネットを打っているようにうるさい。「カチカチ」と「ックン」が重なって「カチカチックン」と聞こえる。

携帯を社に投げ入れて走り出した。背中からックン、ックンと追ってくる。声だけでなく、目に見えない力が負いかぶさってくる。振り返ったら石になってしまう神話があったのを思い出し、前だけを見て走りつづけた。ジグザグの道を右に左に駆け下りて池に出たとき、少しはほっとしたが、何か飲みたくてもそうする余裕はなかった。自動販売機を探している間に追いつかれそうで恐くて、カラカラの喉を抑えたまま道に出た。まっすぐに行って百円パーキングの横を曲がり、その次の十字路を右に折れれば、さっきの通りに出るはずだった。

ところが、どこまで行っても商店街に近づく気配がなかった。もしかしてあっちだろうかと隣の道に行ってみるとそこではなく、ならこっちかと引き返すとそれも外れで、右往左往するうちに方向感覚がわからなくなってきた。道幅が同じで、建っている家も似たりよったりで、まわりが暗いのが判断をよりむずかしくしていた。喉の渇きは絶頂に達し、喉の粘膜が古びたゴム管のようにはりついていた。ただそこに水を通すことだけを頭に描いて走った。

空のタクシーが横から現れ、反射的に手を上げていた。音もなく開いたドアのなかに身を押し込むと、バンと音がして閉まった。いくら金をとられてもかまわない。もう一歩も歩きたくなかった。

家に着くと両足を振ってスニーカーを脱ぎ、部屋に上がった。よたよたとキッチンに歩いていき、蛇口に口をつけて水をがぶ飲みした。胃の中が水の溜まった風船のようになり、これ以上飲んだら破裂しそうになったとき、ようやく止めて床に仰向けになった。

心臓がトックントックンと音を立てている。胸は大袈裟なほど上下している。それが収まるとしだいに呼吸が深くなった。獣のようないびきを聞いて目が覚めた。いつの間に眠ってしまったようだった。半身を起こしてあたりを見まわすと、テーブルの上に携帯電話が載っていた。なんだ、持っていくのを忘れたのか、と手を伸ばしてとろうとしたとき、振動しだした。

「もしもし」疑り深い声になっている。

「…………」

なにも応答がなくテーブルにもどしたが、すぐにまたブルブルとはじまった。混線しているようなザーッという音がする。背後にかすかに人の声のようなものが聞こえるが、言っていることは不鮮明だし、本当に人の声かどうかもはっきりしない。カッとなってテーブルに放り投げると、床に落ちてコツンと当たった。

それを最後に振動はしなくなった。椅子に座って後ろにのけぞり伸びをした。何かたしかめることがあるような気がして、何だっただろうとじっと天井を見つめるうちに思い出した。今日はそのためにあそこまで出かけたのだ。

バックパックを引き寄せ、中に手を入れて探った。あれっと頓狂な声が出る。もっと大きく口を開けて探し、ついには逆さにして振った。むれたような臭気とともにばらばらと物がこぼれ落ちた。サングラス、MDプレーヤー、サンドイッチの残り、ノート、クリアファイル、ペンシルケース、タオル、水泳パンツ、レンタルビデオの入った袋……。ひとつひとつを手にとって眺めたが、本とは似ても似つかないものばかりだった。

木造モルタル

コンビニエンスストアの角を入り、はじめは平坦だった道が坂道になって右に大きくカーブするあたりから、築三十年は経っていそうな古ぼけたマンションや、木造モルタルのアパートや、小さな建売り住宅などが増え、さっきまで白っぽかった町並みが煮しめのような色に変わる。家々は、谷道の両側に並ぶムカデの足のような細い路地の奥にもひしめき合っていて、どの家も塀がなくて道からいきなり玄関になっていた。

おしゃれなカフェやレストランやブティックが並んでいる表通りからは、その裏にこんなにごちゃごちゃした町があるとは想像できないだろう。屏風のように建ち並んだのっぽのビルが谷のくぼみを覆い隠している。谷の方角に伸びた道がどれも途中でそれたり行き止まりになったりで下まで届かないことも、谷の存在をわかりにくくさせている。唯一、通じているのがコンビニエンスストアの角を曲がるこの道で、右に左にゆっくりと蛇行しながら煮しめの町にたどりつく。ずっとむかしは本当に川が流れていたのだろう。

炎天下の昼下がりに、その坂を下りていく。ふだんならわけない道程だが、両手に大きな紙袋を提げているうえにこの暑さで、ピタッとした細身のシャツが汗で肌に吸いつき、サランラップに包まれているように息苦しい。家を出たときはこんなに暑くなかったのに、途中から夏の盛りにもどったように気温が上がり出した。両手がふさがっているので拭くこともできず、ポタポタ落ちるに任せている。こんなことならタクシーに乗ればよかったと後悔したがあとの祭りで、指にくいこんだ手提げ袋を握り直し、あともう少しと自分を励ましながら、汗まみれの顎をぐいと上げた。

谷に下り切る手前に小さな橋がある。下に川は流れていない。崖になった道の下方にアパートが建っていて、道とのあいだにある数メートルの隙間に渡してある。

トントントンと歩いて向こう側に渡り、そのままアパートの廊下を進んで三番目のドアを開けた。中は薄暗く、蒸し暑く、黴と湿気のまじった臭いがこもっていた。汗ばんだシャツを脱ぎ捨て、紙袋をもって奥の部屋に行き、「ただいま」と声をかけた。

カラーボックスのほかは家具らしきものはないがらんとした部屋の窓際に、水槽に似た容れ物が並んでいる。底に砂がたまっているが、水は入ってなくて、手に包み込めるほどのサイズの小さな生き物がちょこまかと動いている。くりっとした目をして、長いしっぽがあって、そのしっぽに体とおなじ色の毛が生えている。モンゴル原産のスナネズミという種類だった。

「お待たせ」と言ってケージの蓋を取ると、つぎつぎとケージの縁にジャンプした。

まず全身真っ黒なやつが小さな足音を立てて着地し、それを合図にベージュ色、グレー、白と黒のまだら、茶色といろんな模様のものが部屋に飛び出し、散らばった。

新幹線の「のぞみ」のように体を流線形にして壁沿いに走るのもいれば、鹿のようにぴょんぴょん飛びながら移動するのもいる。両方向から駆けてきてボクシングのような打ち合いをするのもいれば、列をなしてリボンのように追いかけあっているのもいる。直進の体勢からいきなり方向転換したり、高いところに飛び乗ったりもお手のもので、ピンボールの球のように動きが素早い。自由に走りまわれるうれしさを全身で表しているさまに、さっきまでの苦労が吹き飛ぶようだ。

もちろんひとりずつ名前がついている。カラーボックスのなかにもぐり込んで、わずかな隙間で何かを齧っているのはトモスケだった。彼は最近あの場所がお気に入りだった。窓際のカーテンに爪を布にひっかけてよじ登っているのはキョータである。彼はおっこちても懲りずにまた登っていく執念深さがある。

こんなちいさな生き物でもひとつとして同じものはいない。ひとりひとり性格がちがい、やりたいことがちがい、熱中の度合いがちがい、事態の対処の仕方がちがう。きっと蠅や蚊だって、よく観察すればそれぞれの癖やこだわりがあるのだろう。それが異なる体を持っていることの意味なのだ。

近づいてきたピコを片手でひょいとすくい上げ、小さな鼻先に自分の鼻を押し当てた。獣と干し草が混じったような懐かしいにおいがした瞬間、その体をきつく握りしめそうになった。トクトクと素早く動く心臓には赤い血が流れている。こいつは生きているんだと思う。首を締めればすぐに死ぬけれど、たったいまは生きている。生と死の境がすぐそばにあることがおそろしくて、かわいいけど不安にもさせる。

こんな小さな生き物に夢中になるなんて自分でも予想しなかった。いわゆる動物好きではないし、家にいた犬にも無関心だったし、進んでなにかを飼った記憶もない。むしろ生き物は厄介だという気持ちのほうが強かったのに、いまはみんなの世話を少しも面倒とも思わずにこなしている。まるで人格が入れ替わったような気がする。

スナネズミを飼ったのはちょっとした出来心からだった。ときどき古いパソコンのパーツを取り替えて再生させることがある。いらなくなったパーツをとっておいて、死にかかっているパソコンのパーツと入れ替えてよみがえらせるのだ。必要に迫られてのことではなくて、たんなる遊びだが、無性にやりたくなることがある。

あの日もそんな気分になって、埼玉にあるジャンク・ショップにパーツを探しに行ったのだった。あいにく探しているのが見つからなくて店を出てきたが、すぐに駅に引き返すのはもったいない気がして隣の店にふらりと入っていった。

そこはペットのデパートとでもいうような大型ペットショップで、ありとあらゆる生き物を売っていた。犬や猫はもちろんのこと、蛇、トカゲ、ふくろう、サル、スカンク、ハリネズミと、考えうるかぎりの動物が売られている。小動物のコーナーには、ミニウサギやハムスターなどおなじみの動物にまじって、胴がやたらに長いヌッとした顔のやつとか、パラボナアンテナのように大きな耳を持ったのとか、見たことのないような風貌の動物がたくさんいた。こんなにもいろんな生き物を売っていて、またそれを金を出して買う人がいるのが驚きだった。

おもしろくなってひとつひとつ見ていき、どんづまりに行くと、「ジャービル」という札が下がっていた。聞いたことのない名前だし、中を見ても毛糸玉に似た褐色の固まりがあるだけだった。

好奇心にかられてガラスを叩いてみると、いきなり固まりがほどけて小さな生き物が散らばった。寝ているところをいきなり起こされた彼らは、てんでバラバラなことをはじめた。ガラスをひっかく子。毛繕いをする子、ほかの子の上によじ登ろうとする子。まわりがどんなに騒いでも寝ようとする子など、まるで人間社会の縮図を見ているようにおかしい。

ニヤニヤ笑って見ていると茶髪の女店員がやってきて「さわってみますか」と訊いた。その言葉を聞いたとたん、すごく触りたくなった。そんなことしたら買うはめになるのではないかと思ったけど、がまんできなかった。

モンゴル原産のスナネズミという種類で、水を飲まないのでおしっこの量が少ないこと、そのために臭いも少ないので室内で飼いやすいことなど、彼女は何度も繰り返したであろう売り言葉を並べたてながら、ケージのなかに手を入れた。そして走り寄ってきた一匹を、しっぽをつかんで吊り上げた。そういう持ち方をすると思わなかったのであせった。手足を広げて逆さにぶら下がっているさまが、開きの干物のようですごくみっともなかったのだ。

あわてて手をお椀のかたちにして下に持っていき、すぽっと収まった瞬間、思わず「あったかい」とつぶやいていた。生きているのだから温かくて当然なのに、その温度は新鮮だった。こういう柔らかくて温かなものにずっと触れていなかったように思った。店員は笑って見ていた。なんだか照れ臭くなり、気がつくと「もらいます」と答えていた。

こうして、パーツの代わりにネズミの入ったケーキの箱のようなものに手にして電車に乗って帰ってきたが、アパートに着くなり不安がもたげてきた。これはモノではなくて生きている。いらなくなったといってゴミに出すわけにはいかない。死ぬまで飼いつづけなくてはならないのだ。寿命は三年くらいだと店員は言っていたけれど、はたしてその三年がこらえきれるだろうか。

ところが、翌日にはそんなことを思ったのも忘れてしまうほど夢中になっているのに気づいた。パソコンの机の横にケージを置いたのだが、気がつくと画面から目を離して見入っている。立ち上がったり、その手に何か持ったり、両手をつきだしてあくびしたり、しぐさのひとつひとつが信じられないほどかわいい。立ち上がると息がもれ、まだ寒い季節だったのでその息でガラスが曇って爪の先ほどの小さな丸い円ができる。動くたびにぽっぽっと円が増えていき、体が燃えているのだなあと思った。

すぐに名前を覚えて呼ぶと寄ってくるようになった。こっちの膝に片手をかけてじっと見つめる。気持ちを読もうとするその真剣な目つきといったら！　ネズミにこんなふうに見られたことはないので感動してしまう。遊び心も満点で、カラーボックスの縁から物を落としてみたり、ティッシュペーパーを引き出して白い山を作ったり、スーパーの袋を踏んづけてシャカシャカと音をさせたり、身近なもので遊びを考えだす天才だ。

よく遊ぶ子供はかしこいと言うけれど、彼らも利口で、好奇心が旺盛で、いつもなにかしてないといられない。ネズミを主人公にした童話がたくさんあるのも納得で、遊んでいるところを見ていると物語が自然にわいてくるのだ。

買ってきたものを取り出し封を切って「砂湯」に空けた。さらさらと音がしてプラスチックボックスに細かい砂が溜まっていく。指先でボックスの腹を叩くと、音を聞きつけてカーテンの陰からキョータが顔をのぞかせた。走ってきて中に飛び込み、ホームベースに駆け込むランナーよろしく砂の上を転がった。おもしろいことに、古い砂だとやらなくて、新しいのに取り替えたときだけする。どうやって見分けているのかわからない。

ほかのも後につづいて飛び込み、ぜんいんが入浴を終えてケージにもどると、「おやすみ」を言って押し入れを開けた。

四つんばいになって這い出た先は、さっきとまったく雰囲気のちがう部屋だった。壁一面にスチールラックがあり、さまざまな機材の入った段ボールが詰まっている。手前のデスクには最新型のマックが三台並んでいて、スチールラックも、デスクも、窓のブラインドもオールブラックという黒ずくめの空間で、その三台だけが純白の白さを放っている。ブヴーンとドラマチックな音がして画面が明るくなった。自動的に頭の中が仕事仕様に切り替わる。モニター画面と目が直結し、脳内で考えていることが五本の指に伝わりキーを打ち出す。聞こえるのはカタカタいうキータッチの音だけ。あとは飛行機の機内に流れているのに似たエンジン音。

プログラマーの仕事にはデータをインストールするだけの単純なものから、新しいソフトの開発までさまざまなレベルがあるけれど、自分がやっているのは後者で、この木造アパートの小さな一室が仕事場だ。機材と電話回線さえあればできる仕事だし、実際、マルチメディア賞を受賞した代表作などは、この暗い六畳間で産み落とされた。外に出る用事がないかぎりは日がな一日ここにこもってキーを叩いている。最先端の仕事が時代遅れの部屋でおこなわれているミスマッチが自分にはおもしろいし、気に入っている。世間とほとんど顔をあわせなくても注文はちゃんと来るし、仕事も好きだし苦にならない。

儲けているんだからもっとましな場所に移ればいいのに、とこの部屋を見て呆れたふうに言う人は多い。とくに仕事の相手はそうで、パソコンの上に雨漏りがして何ヵ月も費やして開発したプログラムが一瞬にしてだめになる、なんていうシーンを想像して、新築マンションの案内をごそっと持ってきたりする。でもつぎに来るとそれがおなじ場所に置かれたまま埃をかぶっているのを見て、諦めてしまう。無精というのもあるけど、それだけではなくて、本当にこの場所が好きなのだ。

十年前に家賃の安さに惹かれて住んだのがはじまりだった。都心なのに最寄り駅から離れているので郊外並みの安さだった。どうせ寝るだけだし、ここなら夜中にタクシーを使っても懐が痛まない。もし気に入らなければ金が出来たら移ればいいだけだと思って即決した。大学を出たばかりだったけれど、稼げる自信はあった。

いちばん最初に借りたのは右端の部屋だった。当時、そこは寝るためだけで、仕事は友人のオフィスにコンピュータを置いてやっていたが、すぐに自分の場所が欲しくなって隣りの部屋が空いたのを機に借りた。押し入れをぶち抜いて二室をつなげたのは、そのときが最初だ。

スナネズミがいる三番目の部屋は彼らを飼い出してから借りた。はじめは寝室で飼っていたけれど、つがいにしたらあっという間に増えてそこでは無理になり、隣を借り足したのだ。いまは二階の四室のうち三つを連続して使っている状態で、出ていくならぶち抜いた壁をもとどおりにしなければならない。もとにもどす約束で許可してもらったのだ。だが、壁よりも何よりも、二十四にも増えた同居人たちのことがあった。たえず硬いものをかじっていないと歯が伸びすぎてしまう齧歯目科のやむにやまれぬ事情のために、彼らの部屋は傷だらけになっている。ふすまの枠は角が欠け、壁は彼らの背の高さのところに爪の跡が並び、柱の角張ったところはR形にかじりとられている。まさしくネズミ館と呼びたい状態で、人が見たらぎょっとするだろうからだれにも見せてないが、こんなに自由に遊ばせられる場所がほかにあるだろうかと思うと、彼らにとって最高の環境を捨ててまで引っ越す気にはなれなかった。

ピッピピッピッとアラームが鳴ってパソコンから目を上げた。時計は十一時を指していた。ほっておくといつまでも仕事するので、アラームをセットして鳴ったら終わるようにしている。夕食の弁当を食べてからもう三時間も経ってしまったとは信じられない。

スイッチを切り、椅子を下りてデスクの下にもぐった。小さな引き戸を引いて、茶室のにじり口くらいの穴に身を入れる。中は狭くて真っ暗で湿気と埃のにおいがした。

四つんばいの格好で首を前に突き出し、肩をグリグリまわす。後ろの壁にぶつからないよう、胸をそらながらそっと足を交互に伸ばす。ピーッとかチッチッとか言葉にならない声が出て鼻がひくひくし、目や口のまわりがむずむずしてきて涙や鼻水が垂れる。

それから床に横たわって足を胸のほうに引き上げてできるだけ小さくなる。卵になったようでなんだか安心する。安心しすぎて寝入ってしまい、目が覚めたら翌日の昼過ぎだったこともあるが、今日はそんなことはない。十分くらいその姿勢を取ると、反対側の戸を開けて出た。

その部屋は前の二室とちがってちょっとゴージャスだ。ウイスキーやワインの並んだ小さなバーカウンターがあり、壁側にはスピーカーとオーディオセットが鎮座している。

まずオーディオのスイッチを入れ、プレイボタンを押す。低いチェロの音が腹に響くのを感じながら、横にある小さな鉢植えの表面を指の腹で触わる。喉が乾いたと訴えるので、霧吹きに水を足してひとつひとつの鉢にシュッシュッと噴いてまわる。

ある日、表参道を歩いていたら、ウィンドウに飾られていた鉢と目が合った。植物なのに目が合うとは妙な言い方だけど、本当にそんな気がして買わずにいられなくなったのだ。スナネズミとおなじで、ひとつでは寂しい気がしてもうひとつと買い足すうちに、だんだん増えてこれだけになった。いまは十七鉢ある。盆栽なんて老人のすることだと思っていたのに、世の中はやってみないとわからないことだらけだ。

同居人が名ナシのままではいけないから名前もつけた。枝ぶりのいい松は「シゲル君」。こんもりした海棠は「リリちゃん」。キリンの首のように細長い幹が途中でくねっと曲がっている楓は「ノボリカワ夫人」。ドウダンツツジは「テル坊」。植物にも感情があって乾いた肌が潤うとみんな気持ちよさそうに笑う。

水割りのグラスをもってベッドに移動した。氷がぶつかって明るい音を立て、チェロの音がそれをどこかに運んでいく。カーテンをめくるとどの家も暗い。明かりが消えるのが早い町なのだ。

まるで自分の体のようだと思う。パソコンの部屋は頭、ネズミのいる部屋は心、リビングと寝室は身体を休める場所。部屋ごとに受け持ちがあって、それがひとつになって自分という人間が機能している。ドアから移動したらパーツがバラけて壊れてしまうから、闇の中を這っていく。動きは繊細であればあるほどいい。

水滴に濡れたグラスが頬に心地いい。何度もそうやるうちに浅瀬の小石になったように身が軽くなり、遠くに山並みが浮かんできた。体がふわりと持ち上がり、そちらに引き寄せられた。


つぎの土曜日、散髪に行こうとして部屋を出ると、橋のむこうに男がふたりうろついているのが見えた。近所であまり見かけないタイプの人たちで、まわりの建物を指さしながらひそひそと話し合っている。ひとりは背広を着た中年、もうひとりはそれよりやや若く、首にデジタルカメラを下げて周囲に忙しなくシャッターを切っていた。

姿に気づいたふたりは、しらっとした態度であらぬ方角に視線をむけた。どこかでこの人たちを見たことがあるような気がした。ネズミたちの食糧を買い出しにいったときに、坂の途中で見かけた人たちに似ていた。重い荷物に気をとられてすぐに忘れてしまったが、こうしてふたたび会ってみると、あのときの気持ちがよみがえってきた。日中に背広姿の人が歩くことなどない町なので、だれだろうと不審に思ったのだ。

ひょっとすると、このあいだ不動産屋が言っていたことに関係があるのではないか。とっさにそんな予感が走って体がくっと堅くなった。

アパートの管理を代行している不動産屋の男とは、毎月、家賃を払いに行くときに会う。五十を過ぎたくらいの髪の薄い男で、底の減った革靴をぺたぺた鳴らして歩く。その日も暑い日で、狭い店内には気だるさが充満していた。いつまでも暑いですねえ、などと適当な挨拶をしながら支払いを済ませ、店を出ようとして、ふと思いついてつぎの契約更新はいつかと尋ねた。寝室用の部屋がそろそろのような気がするが、なにしろ三室も借りているので覚えきれなかった。

すると彼はファイルを確かめて「まだ三ヵ月ありますよ」と言い、「でもそれまでに大家が変わるかもしれないな」と独り言のようにつぶやいた。変わるというのは大家がアパートを手放すということだろうか。

近くに地下鉄が通ると決まってから、煮しめのような町にも少しずつ変化が押し寄せていた。坂の途中のマンションは取り壊されて更地になっているし、そのとなりのクリーニング屋にも閉店のお知らせが貼ってある。引っ越しする家も多く、週末にはよくトラックに荷物を詰んでいるのを見かける。水面下で地上げが進行しているような気がしてならなかった。

不動産屋は言葉をにごしてそれ以上言わなかったが、もしかしたらそのたくらみに一枚噛んでいるのかもしれない。古くからこの界隈で商売をしているから大家と顔なじみだ。彼が話をもっていけばなびきやすいだろうし、少なくとも見ず知らずの背広の男が行くよりは警戒はしないだろう。

彼とは最初に一部屋を借りたときからだから、もう長いつきあいになる。つぎつぎと借り足していくのを見て、「いっそうアパートごと借りちゃえば」と笑ったことがあった。それも悪くないと思った。ぜんぶで八部屋だからあと五つ借りられる。

もしそれが実現したらどう使おうと夢想するのが楽しみになった。まず鉄道模型の部屋がほしかった。子供のときにもっていたセットを年下の従兄弟にあげてしまったのを、いまだに悔やんでいた。買いそろえて部屋中に線路を敷き詰め、いつでも遊べるようにする。そのための工作の部屋もほしい。駅舎や建物を造って、交通博物館にあったような町を作るのだ。

だがその夢もついえてしまったと思うと、寂しさがひたひたと迫ってきた。まさか、そう言った人が追い出す側にまわるとは思いもしなかった。この町を慈しんでいるひとりだと信じていただけに、仲間に背中を刺されたような悔しさが込み上げた。

住人が去って空き家だけになった町が浮かんでくる。家には蔦が絡まり、庭は吹き寄せられたゴミで汚れ、空地にめぐらされたフェンスの中には、高く伸びた雑草が海の藻のように揺らいでいる。やがてトラクターがやってきて土を掘り返し、穴を開け、鉄骨を突き立てるだろう。土埃が舞い、轟音が響き、コンクリートが流し込まれ、こんな町があったことなど跡形なく消えてしまうだろう。

なにもいまさら言うようなことではないかもしれない。東京のあちこちで幾度も繰り返されてきた話だ。けれども自分が住んでいる町がそうなると思うと、理性では押さえきれない怒りが込み上げてきて、あたりかまわずわーっと叫び出しそうになった。


それから間もなくして、ポストに一枚の紙が投函された。電気の配線工事か、ガス器具の点検かなにかだろうと思ってよく見ると、アパートの持ち主が変わったので来月から以下のところに家賃を支払ってほしいとあり、聞いたことのない会社名と振り込み先が記されていた。

挨拶も説明もなしに、ただ紙を投げ入れてここに振り込めとはどういうことだろう。とても客に対する態度とは思えない。腹が立ってきて部屋に入るなり丸めてくずカゴに投げ捨てた。

奥の部屋ではカチカチという音が聞こえていた。子供たちが廻し車を噛んでいるのだった。運動不足を補うために買ってやったのに、すぐに乗るのに飽きてリングによじ登って齧るようになった。みんなで団子のように固まってやるので、ワイヤーのコーティングがとれて鉄がむき出しになっている。寝ころんでその音を聞いているうちに、怒りは潮が引くように遠のき、代わりに不安と悲しみが押し寄せてきた。

坂を下り、路地に入り、橋を渡って部屋に入る、その一連の行為によって自分が外界とつながっているのを感じていた。これまでの成功も、この町とアパートがあったゆえのことかもしれないと思うと、すべてが失われていくような不安が襲った。

ここを追い出されたらどこに行けばいいのだろう。自分のことはともかく、この二十名もの同居人をどうしたらいいだろう。大きいマンションを借りて、彼ら専用の部屋を設けて壁をアルミ板で覆って放し飼いにするのはどうだろう。

と、そこまで考えて虚しさが込み上げてきた。白っぽい部屋の中を彼らが所在なげにうろつきまわっている彼らの姿が思い浮かぶ。アルミ板をひっかく虚ろな爪音も聞こえてくる。柱も襖もない、かじれるものが何もない空間のどこがおもしろいだろう。まるで牢獄のようではないか。

彼らは犬や猫のように手をなめてくれるわけではない。膝に飛び乗ってニャオと鳴いたりすることもない。もちろん家の番もしない。部屋のなかを走り回って勝手なことをするだけだ。それなのに、やりたい放題のことをしている姿を見ていると、なぜか心が満たされるのだ。とても率直な風景を目にしているような気持ちになり、頰がゆるんで頭が空っぽになり、体の凝りまでとれてしまうのだ。

それに彼らの勝手なふるまいは、自分よりずっと前からここにいるようにこの木造モルタルアパートになじんでいた。訳知り顔で行動するところがとても自然で愛嬌があった。この場所があって、彼らがいる。彼らがいることで、この場所は意味をなしている。どちらが欠けても成り立たない取り換え不可能な間柄なのだった。それがいま、崩壊の危機にさらされている。

生まれてはじめて身をちぎられるような苦しみを感じた。苦しみと怒りは背中合わせで、穏やかだと思っていた自分のなかに煮え湯がたぎるような怒りが沸き立った。立ち退きを言い渡されても断固突っぱねるのだ。家賃の支払いも止めて法務局に供託する。もちろん話し合いにも応じない。どんな条件を出されても絶対拒否の姿勢を貫くのだ。思い詰めるうちに怒りは沸点に達し、目にするものすべてにその熱が点火して燃え上がらんばかりになった。

ケージのなかではネズミたちが隅に固まって立ち上がっていた。背筋をピンと伸ばし、耳をそば立てて真剣な顔をして窓のほうを見ている。彼らは音に敏感で、雷が鳴ったりすると直立不動になることがある。

だが、いまは物音ひとつしない静かな夕暮れだ。それとも、人間の耳には聞こえない何かを感じ取っているのだろうか。凍ったように窓の外を凝視する姿には異様な緊張感があり、思わず立ち上がってベランダに行った。ガラガラと音がしてガラス戸が開いたとたん、むかいの家の壁が黒々とした影になって迫ってきた。いつの間にできたのか、壁に亀裂が走っていた。稲妻のような模様の奥から悪い企みが滲み出してくるのを感じ、いきり立ってにらみ返した。

ミステリー・ファン

ひまなときは日がな一日、応接間の肘掛け椅子に座って本を読む。

ひまなとき、と言ってみたが、じつのところ忙しいことはめったにない。朝起きるとまず外回りの掃き掃除をして鉢植えに水をやり、それから部屋に入って掃除機をかける。まず外がさき、そして室内という順番は、夫のいるときから変わらない習慣だ。ラジオのスイッチを入れ、クラシック番組をかけながら野菜スープとトーストの朝食をとり、洗濯の日のときは食器を洗いながら洗濯機を回すが、火曜と金曜の二日しかしないから、たいがいはここですることがなくなる。

読書には肘掛け椅子と決めている。膝にクッションを載せてその上に本を立ててページを開くと位置が高くなって読みやすいし、手も安定する。若いときからずっとこの姿勢で読書してきた。もしかしたら女学校以来かもしれない。

いま使っているクッションは、姪がタイに旅行にいったときにみやげに買ってきてくれたものだ。薄紫の布地に踊り子の絵が描いてある。端がすり切れてぼろぼろだけど、サイズがこぶりで厚すぎないところがちょうどよく、新しいのに替えられないでいる。見つからなくて別のを使おうとすると、弾力がありすぎたり、膝からはみ出たり、色が派手すぎたりと、さまざまな事情に気持ちをさまたげられて集中できない。結局は本を置いてクッション探しをするはめになるのだ。カップとソーサーのように、これなくしては完璧な読書タイムは得られない。

妹の家族とバリ島に行ったとき、トランクの中からこれを取り出しているところを見つけて呆れられたことがある。クッションならここにたくさんあるじゃない、と妹はキングサイズ・ベッドの枕元に盛装した子供のように並んでいる色とりどりのクッションを指さして笑ったが、いくら美しくても、ほかのでは用をなさないのだから仕方がない。

読むのは海外のミステリーものである。日本のものはまったく読まない。新宿とか、池袋とか、五反田とか、知っている場所が出てくると、現実の風景が思い浮かんできて怖くなる。ニューヨークやロンドンなど、旅行で知っている程度の場所がちょうどいい。

ミステリーを読むようになったのは亡くなった夫の影響である。彼もまた、専門書のほかはミステリーしか読まない偏った読書家だった。彼は測量士だった。来る日も来る日も三角点や標準点を探して野山に分け入っていく、一年の半分は旅空の下という仕事だった。夫は酒は飲まないし、プロ野球も見ない。調査を終えて宿にもどり、風呂に入って食事をすると、もうすることがなかった。テレビを見ながらだべっている仲間を尻目に早々に部屋に引き上げるが、床に就くには早すぎで、時間つぶしにミステリーを読むようになったらしい。生来の読書家というのではなかったが、本は相手がいらないし音も立てないので旅にはもってこいで、本を詰めていくために着替えの量を少なくし、おかげで旅先でこまめに洗濯をする癖がついたのはありがたかった。

旅からもどると、土や草のにおいのするバックパックの中から、端が折れたり湿気で膨らんだ本がどさっと出てくる。読んだら宿に置いてくるとか、だれかにあげるとかすればいいのに、どういうわけかぜんぶ持ち帰ってくる。本と一緒に行って帰ってくるところに、彼なりの意味があるらしかった。

とはいえ、それらを読み直すわけではない。帰ってきたら階段のステップに積みあげていくだけで開きもしないのだ。いちど処分してもいいかと訊いたことがある。読まないならそうしても同じだと思ったのだが、見ず知らずの他人を見るような目でじっと見つめたのでびっくりした。それ以来、本のことを口にするのはやめた。

本の山はピサの斜塔のように傾きながら、一段ずつ階段を登っていった。ひとつの山がつぎの山を支えて山脈のように連なって延びていき、ひとつが倒れたらもろとも崩れ落ちそうに危なっかしかった。

そしてある日、ついに心配していた事態が起きた。掃除機を二階にもっていこうとして、その山にホースをひっかけてしまったのである。ドミノ式に山が崩れて、本は音をたててころがり落ちた。投げ出された本は積んでいるときよりずっと嵩が増え、足の踏み場もないほどに散らかった。一冊ずつ拾っていくしかないと、まずは足の甲に載っているのをどけようとして表に返した。カバーには、草原の中を縫っていく土の道がアンドリュー・ワイエスふうの緻密なタッチで描かれていた。惹かれるものを感じてなにげなくページを開いた。

「いつもならば橋を渡ってまっすぐ行くところを、自分でも意識しなかったささいな心の動きに導かれて橋のたもとを右に曲がり、農場の中を抜けていったことが、これまで平坦な人生を歩んできたブライアン・ジョーンズの運命を変えることになった」

なんだかこの先の自分の人生を予見されているような感じがして、そのまま本を持って応接間に行き、ソファに座り込んだ。読みはじめたのは午前十一時ころだったと思うが、昼食もとらずに読みつづけ、一度はトイレに、もう一度はジュースとかき餅をとりに立っただけでひらすら座り込んでページの上の文字を追いつづけた。

読み終えたときは日が落ちて部屋の中は薄暗かった。すぐに立ちあがる気になれず、座ったまま外を見ていた。冬枯れの庭は無彩色で目に留まるものが少なく、最後の光が消えると、一瞬のうちに表情を変えて知らない家の庭のようになった。

間もなくして夫が帰ってきたが、玄関の外灯がついていないので留守だと思ったらしく、自分で鍵を開けて入ってきた。薄暗い居間にひとり座っている妻の姿を見つけたとき、彼の顔はこわばった。何か異常な事態が起きたように感じたのだった。けれども、膝にのっている本を見て、

「なんだ、それを読んでいたのか」

と言った。彼自身、宿のふとんにもぐって夜中の三時まで読んだ本だった。

こうしてありふれた主婦の日常にミステリーを読む時間が加わった。午前中に買い物や夕食の下ごしらえを済ませ、何も考えないでいい状態にしてからクッションの上に本を載せる。すると心は古い応接間を離れてニューイングランドの荒れ地へ、シカゴのダウンタウンへ、イスタンブールの路地へと飛んでいく。

世間にはプロットや小道具にこだわるミステリー・ファンが多いらしいが、そういう興味はなかった。肝心なのはどこかに連れ去ってくれるかどうかだった。心を別の時空に運んでいくあの謎めいた感覚こそが評価のポイントだった。本とはつまるところ文字を印刷した紙の束で、たったそれだけのものがこんな気持ちにさせることに、いつも驚き、感心した。

筋を覚えるのは苦手で、読み終えて息をゆるめるとストーリーは逃げていく。あとにはミステリー特有のぴんとはりつめた空気だけが残る。しかし、それとて永遠に留まっているわけではなくて、クッションを膝から離すと消えてしまう。だから読み終えてもしばら

くは載せたままでいる。膝にかすかな重みを感じているうちは、気持ちはまだむこうにあった。

夫がいたころはよく同じ部屋で読書したものだ。彼はソファに寝そべってアームのところに足を載せて読んだが、これは測量に出ていたときの癖だった。足のむくみをとるために寝ころんで座布団に足を載せて読んでいたからだ。

ソファはひとつしかないから、夫がいるときはソファを譲って肘掛け椅子に座った。膝を折ってその上にぺたっと正座する。箱に詰められたようで少し窮屈だったが、クッションを膝に載せればいつもの状態にもどれた。

ときおり、目を閉じてページから顔をあげる。夫がどんな状態かはすぐにわかった。気が散っていると周囲の空気がざわついているが、没頭していれば気配そのものが消えて、体がそこにあるのにいないように感じる。おなじ場所にいながら相手が不在になっていく感覚は嫌いではなかった。

ふたりが同時に読み終わることはまずなくて、たいがいどちらかがページを残していたり、新たな本にとりかかっていたりする。読み終えたほうはそっと席を立ってトイレに行ったり、キッチンでなにか飲んだりする。自分の家なのに、骨董品店にいるように気を遣うところがおかしい。

週末の夜は、読書のあとにふたりして近所に食事に行くことがよくあった。バス通りの手前にカウンターだけの簡単なしつらえの店があり、主人がひとりで作って一皿ずつ出すのでゆっくりだが、そのおっとりしたペースが読書のあとには心地よい。

席に着くとまずワインを注文し、だまってグラスを合わせる。夫はグラスの縁をなめる程度で、大方はこちらが飲んでしまうが、グラスの触れ合う小さな音を聴いていると、何にというのではなく、過ぎた一日を祝したい気持ちがわいてくる。

とはいえ、どちらの心もまだ物語の世界から完全には抜け出ていないから、会話はあまり弾まない。相手に届かないのを承知でポツポツと重ねることばは、本に出てくるエピソードだったり、著作ぜんたいの感想だったり、同じ作家の別の作品との比較だったりするが、とりあえず言いたいことを言い切ると気持ちに余裕が生まれ、視線を前にむけてまじまじと相手を見る。すると目尻の皺や、顎のたるみや、鼻の横の筋などが妙にはっきりと浮かんできて、はじめて見る顔のような不思議な感慨が押し寄せるのだ。

夫が病気になって仕事をつづけられなくなったとき、動揺したのはまわりのほうで、夫自身には目立った変化は感じられなかった。夫婦ふたりの暮らしだし、持ち家はあるし、生活のほうはどうにかなる。むしろ彼は仕事を辞められてほっとしているようなふしすらうかがえた。

もともと精力的に働いて出世をめざすような人でなかった。生きることに淡泊で、若いときはその受動的な態度を歯がゆく感じたこともあったが、病気になってからは、むしろその性格に救われたような気がしたものだ。筋肉がだんだん萎縮していく難病で、決定的な治療法はなく、使える筋肉を鍛錬するのと、栄養補給に気をくばるしかできなかったが、それでも恨んだり、腹を立てたりということはなく、少しずつ進行していく病を観察することに、新たな課題を見いだしているように見えた。

仕事を辞めて一年くらい経ったとき、歩くのが困難になって車椅子の生活になった。朝起きると、ベッドから車椅子に移り、朝食を終えると今度はソファに移動する。ソファに寝転んで肘掛けに足を載せるスタイルが、いちばん気持ちが落ち着くらしい。「しばらくお願いね」とソファに頼んで、急いで掃除をしたり、洗濯をしたり、買い物に行ったりする。そして、家事がひとしきり済むと、自分も本とクッションをもって肘掛け椅子に座るのだ。

本を読んでいるときはむかしと変わらない時が流れた。それぞれの世界をゆっくり彷徨しながら気持ちを岸に寄せたり離したりする。ただひとつちがったのは、呼吸音が前よりはっきり聞こえるようになったことだ。大きくなったり小さくなったり、それに合わせて体の輪郭も濃くなったり薄くなったりする。息が長く尾を引き出すと、そろそろ寝入りそうな証拠だし、眠りから覚めるときは瞼のまたたく音でわかる。ページを追いながら意識の端で夫の動静をうかがううちに、これまでなかったほどまわりの気配に敏感になった。

最後のころは動けなくなって一日中ベッドのなかにいたが、読書の時間は手放さなかった。本を持つのは無理なのでベッドに書見台をとりつけ、一ページ読み終わると繰ってあげる。発語も困難になっていたから、ウッというようなかすかな声しか出なかったが、聞きとるのはむずかしくはなかった。好きな本を朗読してあげることもあった。凄惨なシーンになると、病人の前で読んでいいものかと心配したが、少しも気にする様子なく目を閉じて聞いている。目がつむっているのはおもしろいと思っている証拠で、つまらないときは目を見開いて口の端を歪めた。

夫の病気が進行してからは、自分のための読書は以前ほどできなくなったが、わずかでも本の世界に浸れれば看病を苦しく思わずにすんだ。本を読んでいるときは、そこにいても不在になれる。留守中の家のように殻だけがあって、主はどこかをほっつき歩いているのだ。読み終えて殻にもどって夫に寝返りをさせたり、吸い飲みでジュースを飲ませたりすると、自分のなかからだれかが出ていって世話をする様子がよく見えた。

最後の数日を病院で過ごして夫は亡くなった。遺体が家に帰ってくると、またふたりの生活にもどったような気がした。ずっと寝たままだったから、横になった姿は見慣れていたし、なにもしゃべらないのも、以前と変わらなかった。

夫が生きているときは、寝ている姿を眺めては死んだときの予行演習をしていた。もう生きていないのだと思いながら寝顔を眺める。目尻に水気があふれ、本番になったらもっと水っぽくなるのだと思いながら、涙をぬぐう。だが実際に死んでみると、予行演習のときほど涙は出なかったし、骨になって骨壺に納まっても不在感は希薄だった。

夫の死を確かなものに感じたのは、埋葬や香典返しなどの雑事が終わって、また読書の時間をとりもどしてからだった。ソファに座り、クッションを膝に載せて本を開く。だが、恐くなってすぐに閉じてしまう。特別に怖いシーンでなくても、これから怖くなると思うと読みつづけられないのだ。ドアのチャイムが鳴って出てみたら、だれもいなくて血溜まりができていたとか、トイレに立つと洗面所の鏡に見知らぬ人の姿が映っていたとか、ストーリーとは何の関係もない妄想がつぎからつぎと湧いて体が固まってしまう。

日中ならば外に出て気を逸らすこともできたが、夜の読書は最悪だった。本を置いてベッドに入ると、かならず金縛りにあうのである。いくらあがいても解けず、ついには自分で声を上げて目を覚まさせるが、覚めたつもりが依然として夢の中で、ふたたび引っぱり込まれて出られなくなるのだ。子供のころ、千歳飴の袋が恐かった。袋には千歳飴の袋を提げた子供の絵が載っていて、絵の中の子供もまた絵のついた袋を提げていて、その袋の子供もまた……というふうに終わりのない世界に吸い込まれる。悪夢もおなじようにどんどん奥に進んでいくだけで、引き返す方法がわからなかった。

夫がいるときは、ただ黙って寝ていただけでもどんなに怖い本でも平気で読めたのに、ひとりになると何ひとつ読めないのだった。これはある意味で夫を亡くした以上の衝撃だった。夫の死は近いうちにかならず訪れる確実な未来だった。生きている間に繰り返しそのときのことをシミュレーションし、心の準備をしていた。本があれば乗り切れる、そう思っていた。

だがその頼みの綱である本が読めなくなり、予想だにしなかった事態にすっかりうろたえた。日々の過ごし方がわからなかった。朝起きて掃除と洗濯をすると、もうすることがなく、一日が長すぎて身の置き所がなかった。散歩でもしようかと外に出ても、抜け殻が歩いているようで足に力が入らず、偽りの行為で気をそらしているような背徳感すら感じてしまう。どうにかしてまたミステリーを読める状況をとりもどしたい。切迫感に押されてあれこれ考えるうちに、あるアイデアが思い浮かんだ。さっそく近くの大学と区民センターにアルバイト募集の掲示を出した。

まもなくひとりの男子学生から連絡があった。

約束の日、チャイムが鳴ってドアを開けると、まだ少年の面影をもった青白い青年が立っていた。

「八木です」

青年はやぎの「ぎ」のほうにアクセントをつけて名乗ると、緊張した面持ちでぺこんと頭を下げた。酒やタバコより乳製品のにおいがしそうなツルンとした肌だった。

「八木さんのお名前って、アクセントを頭に付けるとメーメー山羊さんになっちゃうわね」

リラックスさせるつもりで言ったのだが、自分でも驚くほど高笑いが出た。こんなに若い男の子を家の中に入れたことがない。青年は眉間に縦じわを寄せた。

「今日からはじめられるかしら」と聞くと、一応、そのつもりで来たというので、「じゃあ、そこに横になってくださる?」と言って応接間のソファを指さした。

彼は唖然とした表情で言った。

「……留守番のアルバイトじゃなかったんでしょうか」

たしかに掲示にはそう書いた。細かい説明はできないので、とりあえず留守番のつもりで来てもらえればいいと思ったのだ。誤解を解こうとしてあわてて、夫が死んでミステリーが読めなくなったこと、自分が読書しているあいだ、夫が本を読むのとおなじ姿勢でこの部屋にいてもらうのが唯一の仕事であることを、早口でまくしたてた。すると青年はちょっと言いにくそうに、

「ということは、奥さんはずっとこの部屋にいるんですね」と訊いた。

「ええそうよ。まずいかしら」

「というわけじゃないですけれど……」

青年は口ごもってうつむいた。

嘘を言っておびきよせたようなばつの悪さを覚え、もし嫌だったら帰ってもらってもかまわないと伝えると、青年は目の前のものを払うように首を振って「大丈夫です」と言い、

おずおずとソファに身を横たえた。

肘掛け椅子に腰を下ろし、すり切れた踊り子のクッションを膝に載せ、このときのために買っておいたとびきり怖いという評判のホラー小説を開いた。これを読んでも大丈夫ならば彼は合格だ。

ところが、いくら読もうとしても、目がおなじ箇所ばかりを追って物語に入っていけなかった。気持ちを入れ替えてもう一度はじめから読みなおしたが、一ページ目の終わりまで行っても、どういう場面なのか、ジョナスという主人公が何者なのか、少しもわかっていないのに気がついた。

本から目を上げて青年を見ると、頼んだとおり肘掛けに足を載せて仰向けに横たわっている。目は閉じているが、眠っていないのは明らかだった。瞼のあたりがぴくぴくし、爪先がぴんとそっている。小柄のわりには大きな足で、それに履いている靴下の模様が奇妙だった。服を着た小さな仔豚が短い上着の下からピンク色の腹をのぞかせ、カールしたしっぽをズボンから付き出しながら、グレーの地のあちこちを飛び回っているのだ。

まじめそうなわりには、ずいぶんひょうきんな模様のを履いているんだなー。

そう思ったとたん、記憶の底から一足の靴下がぬっと浮かび上がってきた。

戦争が終わって男女共学の新制大学が開始した年だった。女が大学に行ったら婚期が遅れると親が反対したのを、卒業したらすぐに嫁にいきますと約束してようやく許してもらい、晴れて大学の門をくぐった。それまではずっと女子校で男子学生と机を並べたことなどなかったから、戸惑うことが多かったが、何よりも気になったのは彼らの体臭だった。教室に入ると、どこかに獣が隠れているのではないかと思うような動物的なにおいがした。三人姉妹で男の兄弟がなく、親戚にも同じ年ごろの男性はいなかったから、そのにおいをかぐと捕って食べられそうに恐かった。

あるとき、授業が終わって部室に行こうか、それともこのまま帰ろうか、と迷いながら学内の池のほとりを歩いていた。文芸クラブに入ったものの、男子部員は読書歴を披露してはこむずかしい理屈を述べたてるし、女子部員は議論をふっかける男まさりの論理派か、体をくねくね曲げて気を引くお色気派で、どちらとも肌が合わずにひとりで黙っていることが多かった。

夕暮れにはまだ時間があったが、池の周囲はぶ厚い茂みに覆われてほの暗く、さっきまで座っていた講義室との空気とあまりのちがいに校内にいるのを忘れた。少し先に男子学生が立っているのが目に留まった。痩せて手足が長く、池に突き出た大きな石の上に突っ立ってじっと水面を見ている。微動だにせずにたたずんでいるさまが、人というより細い枯れ木が立っているようだった。

池の中にはもう少しサイズの小さな石が点在していた。男はふいに足を伸ばしてそのひとつに乗せようとした。枯れ木が動いたと思ったのと、その木が傾いたのが同時だった。

男はバランスを崩して水に落ち、バシャッという音とともにしぶきがあがった。

浅瀬だったので大事には至らず、すぐに立ち上がったが、岸に上がってくるときの様子がいかにも不器用そうで、思わず「大丈夫ですか」と声をかけた。男はうつむいたまま、教師に答えるときのように「はい」と返事し、ベンチに座ってズックを脱いだ。靴下からボタボタと滴がしたたり落ちた。細かいストライプが入った手編みのソックスで、よく見ると左右の模様がちがう。余り毛糸を生かすことだけを考えて編まれた代物だった。

「あら、おもしろい靴下」

思わずそうつぶやくと、男は怪訝そうに顔を上げた。ぬぼっとした特徴のない顔で、大きすぎも小さすぎもしない目と鼻と口が、細長い顔の上に行儀よく並んでいる。どこにも破綻がなくて印象がぼやけていたが、それゆえに警戒心もわかなかった。教室で会う男たちのように動物臭くもなく、男という感じがしなかった。

卒業が近づいてくると親が見合いのことを言い出し、手札サイズの写真と経歴の入った封筒が親戚や祖母の友人からまわってくるようになった。どの写真にも背広を着て眼鏡をかけた男が写っていて、中身を入れ替えても変わりがないような感じで、「どう?」と訊かれても返答に困った。

池のほとりで会った男とは、あの日以来口をきくようになったが、デートらしいデートは一度もしていなかった。山好きな友人が誘ってくれるハイキングについて行って、汗を流して登って山頂でおにぎりを食べて帰ってくる、というようなことばかりで、美術館やコンサートに行くにもいつもほかの友だちと一緒だった。

そんなある日、学校を出たらどうするのかと彼が尋ねた。千葉にある地味な山に登って頂上でお弁当を食べた後だった。友人は植物の写真を撮りに行って姿が見えず、空になった弁当箱には蝿が止まっていた。たぶん見合い結婚させられると思うと答えると、「それならぼくと一緒になってください」と言い、いつになくはっきりした物言いだったので、弾みで「じゃあそうするわ」と答えた。知らない男と見合いをするくらいなら、そのほうがましだと思った。

ソファの上の八木青年を見ながら、この人にガールフレンドはいるだろうかと考えた。いないような気がした。何事につけ及び腰で行動に時間がかかる。そういう男に若い娘は寄りつかないものだ。

学校を出てすぐに結婚したし、「社会人」という肩書きが似合う夫ではなかったから、やり手ふうの人が苦手で、書生っぽい雰囲気の男性だと安心するという癖がいつまでも抜けなかった。その傾向はいまもあるけれど、老眼鏡がないと本が読みづらい年齢になったとき、社会には大きく分けて二種類の人間がいることがようやくわかってきた。実社会に活かせるものをたくさん持っている人間と、そうでない人間。頭脳の出来や人間性ではなくて、世間を基準にした物差しである。

たとえば芸術家は日々物を作り出しているけれど、それが社会に直接役立つわけではない。作品がだれかの魂を救うことはあるが、それは結果であって目的ではない。彼らの仕事は現世的な価値基準で計ろうとしても答えは出ないものだ。

振り返ってみると、夫はつくづく後者の部類だったと思う。「芸術をしない芸術家」といえば聞こえがいいが、その身を社会に生かそうという意欲が稀薄だった。生きていればそれでいい。死ねばそれも悪くはない。よくそんなセリフを吐いていた。

ずいぶん投げやりな言い方だと若いころは思ったが、あれはあれでユニークなありようだったと、いまになって思う。生きているときは死んだときのことを想像させ、死んだあとは生きているときのことを生々しく感じさせる。ふつうは逆だろう。生きているときのほうがリアルで、死ぬと存在感は薄れる。だが、あの人の場合、いなくなっても少しも理不尽な感じはしなくて、肉体が消えたことに妙に理にかなったものを感じた。

こうして応接間に座っていると、困ったときの目尻にしわを寄せた表情、機嫌のいいときの口元の形、体の輪郭が濃くなったり薄くなったりする感触、息遣いのかすかな音、ウッという低い小さなうめき声などがありありと浮かんでくる。亡くなるまでの数ヵ月は意識を繊毛のように働かせては、弱まりつつある気配に息をひそめた。すると静かに、ゆっくりと、着実に、生が濃さを増した。迫ってくる死に生が押し上げられて細部をあらわにしたのだ。余計なものがそぎおとされて存在の芯が際立ってくるさまは感動的で、この人の核に触れていると思った。

肉体を超えた何ものかに抱きすくめられるような感じはいまもはっきりと感覚できる。生きていたときには抱きしめ合うことなどなかったのに、幕を隔てた距離のなかで互いを見ていたのに、そのリアルさは薄れることがない。

乾いた肌がじんわりして体の奥から水分が染み出し、アーモンド型の小窓からこぼれ落ちた。なんて気持ちがいいんだろう。まるで堅くしこったものが溶けていくような心地よさだ。子供のころに物もらいができて眼科で眼を洗ってもらったときの、生暖かくて、やわらかな感じを思い出す。ちょっとしょっぱいところも似ている。溶けるものはすべて溶かして、最後に残ったものだけを大事にしよう。

長い吐息が聞こえて部屋の中がはっきりと見えてきた。八木青年は眠ってしまったらしい。アームにのった足先が左右にだらんと開き、Tシャツの下のお腹が静かに上下している。起こさないようにそっと立って寝顔を見にいった。

血管が透けて白い瞼がほんのりピンク色に染まっている。わずかに開いた口からは小さな白い歯がのぞいていた。思わずその顔にほほえみかけてしまう。自分のそばでだれかが安心して寝ているのを見るのはいいものだ。

結局、アルバイトを雇ったのはこの日だけだった。どういうわけか知らないが、その日以来、怖いシーンでも平気で読めるようになったのだ。八木青年がソファで眠っている姿を思い浮かべると、怖がる自分の中からもうひとりの自分が抜け出してすっとそばに寄ってくる。その自分は怖がりの自分よりも優位にあって、強く頼もしい。

ソファは空けておき、いつも肘掛け椅子に座って膝にクッションを載せて読む。

キリ番ゲット

最後の患者が予想外に手間どり、終わったときは夜八時を過ぎていた。お大事に、と言って患者を見送ると、そばの椅子によたよたと座り込んだ。表面のクラックを直すだけだと思ってはじめたが、中に虫歯があって大きく削りとらなければならず、患者が痛がって体を堅くするので緊張した。立ちっぱなしだったので足が棒のようになって膝がうまく曲がらない。コンビニのおにぎりを食べたきり何も口にしていないので、お腹も空いていた。ボトルのお茶を飲みながら残っていたクッキーをつまみ、人心地つくと診療室に鍵をかけて二階に上がった。

暗い中に食べ物のにおいがこもっていて、すぐ下の階にいたのに、遠いところからもどってきたような気がした。天井灯がついたとたんににおいは消え、雑然としたキッチンの様子が浮かび上がった。冷蔵庫を開けてカレーの残りを取り出す。ガスの燃える音がして鍋がぐつぐついい出し、新たなにおいが部屋に満ちてきた。レトルトの白飯を電子レンジで温め、ガスを止めて鍋のカレーをその上にかけた。缶ビールを左に置いてカレーと交互に口に運ぶ。静まり返った部屋にフォークのカチャカチャいう音が響く。ご飯物にはぜったいスプーンは使わない。さらっとしたカレーでもフォークだし、店でスプーンを出されても必ずフォークに替えてもらう。

食事はものの数分で終わり、皿を流しに置いて書斎に移った。だだっ広い部屋に白いマッキントッシュが主のように座っている。最新機種だが、テレビのようにすぐに画面が出るわけではなく、イスを回転させて部屋を見まわしながら気をそらす。壁側は本棚になっていて、中には医療書とマンガと怪奇小説がごちゃ混ぜに入っている。そのとなりには学校にありそうなガラス窓付きの書類棚が立っていて、プラモデルや怪獣の模型が詰まっている。子供部屋がそのまま仕事部屋になったような奇妙な空間だと自分でも思う。

画面が出たのでブラウザを起動させてブックマークのいちばん左をクリックした。スクリーンが青く変わって「ドクター・サライの毒食らわば皿まで」というタイトルが浮かび上がった。ポインターを下げて「掲示板」のボタンを押す。三件の書き込みがあるのを見つけてすぐにクリックした。

〈前回は興奮しました。佐伯が死ぬとのはまったく思いがけない展開でした。次回が楽しみです。「裏のネコ」〉

この人はまめな読者で、よく励ましのメッセージをくれる。佐伯を死なせるとは自分でも思っていなかったが、書いているうちに、なぜかこいつは死ななければならないと思い、殺ってしまった。リアリティーがあるかどうか気になっていたので、「興奮した」という言葉にしめしめと思った。

〈ドクター・サライはどこで開業しているのですか。近くなら虫歯を診てもらいたいんですけど。「虫歯王」〉

思わず舌打ちした。ドクター・サライには自分の日常が反映されているが、あくまでフィクションである。にもかかわらず、とんちんかんな書き込みをしてくるやつがいるのだ。日記風に書かれているので事実だと思うらしい。とはいえ、混同するというのはストーリーに真実味がある証拠だから、悪いことではないかもしれない。

三件目の文面が目に入ったとき、発火したように顔が熱くなった。

〈ヤフーで検索したらドクター・サライのサイトがトップに出ました。やりましたね〉

トップに出たからどうしたというのだ。このサイトは巷にゴマンとある自己満足サイトとは別物なのだ。こういうやつがいるからネット文化のレベルがあがらないのだ。激しくキーを叩いて削除したが、いちど立ってしまった腹の虫はおさまらず、気持ちが集中しない。立ち上がってキッチンに行き、冷蔵庫から缶ビールを取り出しプルトップリングをぐいと引っぱった。さっき飲んだばかりだが、こういうときは水ではだめなのだ。胃の中にカレーがあって一缶飲み干すまでに三度ゲップが出た。

デスクにもどりストーリーのつづきを考えた。診療中のふとした瞬間に思いつくこともあるが、今日は機械のようにただひたすら手を動かすうちに一日が終わった。こういう日は、頭を非現実の世界にスイッチするのに苦労する。

皿井歯科医院を開業したのは祖父だが、いまある姿にしたのは父だった。父は起きているあいだほとんど人の口の中を診ているような人で、近所に歯科がないこともあって医院は繁盛した。彼はひとり息子が歯医者を継ぐのをすこしも疑ってなくて、ビルに建て替えたときもこの先もずっと使うのだからと最新の設備を入れた。

本当はほかにしたいことがあったが、がんばって医院を大きくした父にそれを口に出すのはためらわれた。言ったところで、そんなことなら歯科をやりながらもできるだろうと言われるに決まっていた。事実、やる気になれば無理ではないと思ったので、言われるまま歯科大学に進み、勉強のかたわらで本当にやりたいこと、すなわち小説書きのための時間をやりくりした。文芸クラブに入ることも考えたが、まだ形の定まってない作品に人からあれこれ言われるのは嫌なのでやめた。

卒業して大学病院に勤めてからも孤独な創作活動はつづいた。週末に集中して書いていろんな賞に応募した。二十七歳のときにようやく佳作に入り、このまま順調に昇っていけば三十くらいまでには道が拓けるような気がした。そうしたら小説を書いていることを父に明かそう、そう決意したとき、父はあっけなく死んだ。

思ったより早く父が使っていた器具を手にして医院を引き継いだときの感覚は強烈だった。歯科医としての道が舗装道路のように浮かびあがり、そこを歩いていく自分の姿がはっきり見えた。もうこの道を行くしかないだろうと観念した。

だが、医院を維持するために懸命に働いて五年が経ち、少し余裕がみえはじめた昨年ごろから、かつて抱いていた野望が頭をもたげてきた。歯科医だけで終わりたくない、そう強く思った。

しばらく書くことから離れていたので、いきなり小説に取り組むのはむずかしかった。サイトを立ち上げて日記のかたちで少しずつ書き継ぐほうが楽に書けそうな気がして、キャラクターだけを決めて書き出した。四ヵ月経つが、自分のなかから予想もつかないストーリーが出てくるのがおもしろくてたまらない。

導入部ではドクター・サライの診ている患者のことを、日常生活とからませながらおもしろおかしく書いた。ここには当然、自分自身の患者のエピソードが反映されている。犬歯を削ってくれと言ってきた老婆のことなどは、本当にあった話だ。先月の中ごろ、女子高校生がひとりでやってきて歯を削ってほしいと頼んだ。どうしてなのと訊くと、自分が狐の生まれ変わりだという噂が学校で広がっている。犬歯がとがっているからで、それを削れば問題ないと夢のお告げがあったと言う。

削るとエナメル質がなくなって酸っぱいものが染みるようになるし、そもそも医学的には削る必要などまったくないと説明して帰したが、心配になってあとでその家に電話をすると、母親が出てきて、挙動がおかしいので病院に連れていくつもりだと言った。その少女の話を、老婆に変えて使ったのである。

前回死んだ佐伯は、父の代から出入りしている野坂さんという歯科技師がモデルだ。昨日届けてくれるはずの入れ歯が来なかったので、どうしたのだろうと思っていると、亡くなったという知らせが入る。階段から落ちて打ち所が悪くて死んだというのだが、ドクター・サライは納得できないものを感じる。このところ表情が冴えず、なにか気にやんでいることがありそうだった……。

昨日はそこまで書いて載せたが、書きながら実在の野坂さんを死なせてしまったようなうしろめたさを感じた。その一方で静かな興奮を覚えたのもたしかだった。小説のなかでは自分の手ひとつで人を生かせも殺せもできる。「死んだ」と書けばその人は二度と息をしなくなる。これまで体験したことのない快感だった。

佐伯の死をなにかの事件とからませたかったが、なかなかいい考えが思いつかず、気がつくとクリップの先でキーボードのゴミをほじくっていた。ワイヤーの先に綿埃のかたまりがひっかかると、へそのゴマが取れたときのように気持ちがいい。

とれたゴミをデスクに並べていったが、考えは一行に進まなかった。無理して書こうとしてもしょうがない。今晩はもう諦めて寝ようと思ったとき、電話が鳴った。Eメールを使うようになって電話の数がめっきり減っている。おまけにもう深夜だ。だれだろうといぶかりながら受話器をとると橋爪からだった。上島先生が亡くなったという。

上島先生は大学時代の恩師で、橋爪と一緒に実習でずいぶんと世話になった。今夕、学校で気分が悪くなって病院に運ばれ、そのまま息絶えたらしい。「突然死というやつよ」と橋爪はため息をついたが、ちょうど佐伯の展開を考えていたところだったので、現実の死をおびき寄せたような気味の悪さを感じた。先生のタフな印象は死のイメージにはほど遠かった。

二日後、通夜の席でひさしぶりに橋爪に会い、終わってからちょっと飲もうということになって駅近くの居酒屋に入った。大学病院に残っている彼は学内の事情に詳しく、ひとしきり共通の知り合いの噂話に花が咲いた。

橋爪とは入学した当初は親しくなかったが、なにかのときに彼が怪獣好きなのがわかって話をするようになった。よく怪獣の名前を言っては好物の食べ物を当てっこしたものだ。ガイラーの好物はなにか。イカの刺身。ピンポン、というような他愛のないゲームだが、彼とバカ笑いしていると気持ちがスカーッとした。

橋爪には動物の歯をコレクションするという変わった趣味があった。自宅でそれを見せてもらったことがある。世田谷の外れにある大きな家で、庭の奥に納屋のような木造の小屋が建っていて、中は薄暗く、土と埃と肥料の混じったようなにおいがした。「これだ」と指さすほうを見ると、板張りの棚に馬の歯からリスの歯まで、大小さまざまな動物の歯が几帳面に並べられていた。

まだやっているのかと訊くと、橋爪は飲もうとしたグラスを口から離して「最近、ネズミの特殊な歯を仕入れたんだ」と言ってニヤリと笑った。

「マンモスの歯みたいなんだ」

「なんでネズミの歯がマンモスなんだよ」

「サイズじゃなくて、生え方さ」

ネズミは一生歯が伸びるのでたえずなにか齧っていなければならないが、なにかの理由でそれができなくなくと、伸び過ぎて口から飛びだし、喉に突きささって死んでしまうという。

「こんど見せてやるよ」

いかにもうれしそうな顔で言うので、こいつはあまり悩みがないだろうなと思った。毎日、人の歯をいじり、家に帰ると動物の歯を愛でている。半径一メートルくらいのところで世界が成り立っていて、それ以外のことには何の興味もないのだ。自分は橋爪のようにはなれない。たえず妄想をふくらませてないと、生きている実感が湧かない。

はじめて小説を書き上げたのは大学四年の春休みだった。それ以前は途中まで書いてはうまく行かずに投げ出していたが、そのときは懸命に仕上げてホラー文学賞に応募した。落選したが、コツがつかめたような気がして夏休みにもう一本書き、こんどは文芸誌の新人賞に応募した。賞はとり逃がしたものの、最終候補に残り、もしかしたら才能があるかもしれないと期待した。

三作目は三百枚ほどのSFふうの長編だった。これにはずいぶん時間がかかった。大学院を出て病院務めがはじまり、生活も変化していたから、途中でなんども挫折しそうになったが、どうにか形を整えてファンタジー文学賞に出した。

もし入選したら大学病院を辞めて、しばらく文筆活動に専念させてほしいと父に願い出るつもりだったが、見事落選し、まもなく父も亡くなって医院を継がざるをえなくなったのである。

『ドクター・サライの毒食らわば皿まで』はネットにのせるのにふさわしい同時進行ふうの小説をめざしていて、これまでの作品とはまったくちがうし、自分でも気に入っている。これだけはなんとしても書きつづけたいと思っていた。

「そういえばサラキンの小説のこと、だれかのサイトに出てたぜ」

サラキンというのは皿井の皿と、名前の均をくっつけた学生時代のあだ名だが、知らない人が聞けば驚くだろう。隣の客が一瞬振りむいた。

「怪獣好きの患者が出てきただろ。いろんなガレージキットを集めていて、道で会ったらぜひ見てくれっておまえを家に連れていこうとしたやつ」

こいつもドクター・サライと作者を混同している。「おまえを」ではなくて「ドクター・サライを」と言うべきだ。

「あの患者のことを引き合いに出して、自分のもっているコレクションをアップしてたよ」

ガレージキットというのは、ゴジラとかモスラとかキングギドラとか、怪獣映画に出てくるキャラクター人形のことだ。自分はいくつか持っている程度だが、そういうのをひとつ残らず熱狂的にコレクションしている人がいる。こちらは彼らとは一線を画しているつもりでも、連中はそうは思っていないらしく、怪獣がでてくるだけで同類だと思い込んで何やかやと言ってくるのだ。

橋爪が見たのもそんな怪獣オタクのサイトにちがいなく、胸くそが悪くなったが、知ってしまうと気にせずにいられず、家に帰って検索をかけた。目次に「怪獣の登場するおすすめサイト」とあったので、これだと思いクリックした。

〈先週の『ドクター・サライの毒食らわば皿まで』に怪獣コレクターの話が出てきました。これまで東宝映画に出てくる怪獣のガレージキットをすべてもっているという男に、とても親近感を覚えました。自分のことじゃないかと思ったほどです〉

怪獣の名前が列挙してあって、クリックすると画像と説明がでてくる。キンゴジ、バトゴジ、モスゴジ、ラドゴジなど、知らない人には呪文として思えないような名前がつづき、デジカメでひとつひとつ撮影したと思われる稚拙な画像が載っていた。

鼻白む思いで画面を閉じて自分のサイトに行こうとしたとき、こんな文面が目に入った。

〈10000のキリ番をゲットした方には、福袋をご用意しています。いろいろとレアものがいっぱい入ってますので、がんばって狙ってくださいね〉

よく遊園地などできりのいい番号で入場した人に賞品をあげるイベントをしている。あれをまねして、10000番目に訪問者した人にプレゼントを出すというのだ。

自分のサイトにはアクセスカウンターはつけていない。キーひとつ押せば開くのだから、まちがって開ける人もいるし、開けても読まずに立ち去る人も多い。カウンターナンバーがそのまま読者の数ではないのだから、数を見て一喜一憂するのはばかげている。

ところがこの人は訪問者をチェックするだけでなく、キリ番を取った人に福袋を出そうというのだ。おめでたいにもほどがある。そうやつがいるからネット・コミュニケーションが成熟しないのだ。

カウンターは98708で、キリ番まであと1300ほどである。見ているうちになにか仕掛けてやりたくなり、再読み込みのキーをポンと押した。最後の数字がくるっと反転して98709になった。数なんてこんなに簡単なことで増えるのだぜ。バカ者。

そのまま押しつづけるとカウンターはすぐに98800を超えた。数字を見ながらなおも叩きつづけた。キーの鳴る音がカチャカチャと響き、99999になったとき、ゆっくりと最後の一押しをした。1の横に0が四つ並ぶ。これでいい。キリ番をゲットした。福袋は宙に浮いた。

翌朝、ウェブサイトの持ち主がどう反応しているかが気になり、診療室に下りる前に開いてみた。本人が掲示板に書き込みをしていた。

〈今日見たら10000番を超えてました。あれ、いつの間にそんなにいったのかな。10000番をゲットした方、ぜひ、メールをくださいね。福袋をお贈りいたします。ところで最近、キリ番をとっても名乗りでない方がいて景品がたまっています。つぎは11111をとった方に、たまっている景品をぜんぶあげちゃいます。けっこうレアなものも入ってるんですよ。みなさんガンバッてねらってくださいね〉

あまりのおめでたぶりに高笑いが出た。だれが名乗りでるもんか。キリ番はドクター・サライがもっているんだ。それを知らずにまた11111に福袋を出そうだなんてなんていうアホだろう。アホすぎて哀れになるくらいだ。

キーに指を載せかかったが、診療時間が迫っているのに気づいて一階に下りた。

午前中は休む間もないほど忙しかった。新しく入った歯科衛生士が患者の唇を切ったときはひやっとした。初心者は緊張してよく失敗をする。最初だから仕方がないとは思うものの、うまくフォローしないと患者に責められる。さいわい理解のある人だったからよかったが、評判を築くには何年もかかるのに、崩れだしたら一瞬だから神経を使う。

午後一番は男性の患者で親知らずの抜歯だった。前から抜いたほうがいいと言っていたのに、なかなか首を縦に振らない。上のほうだから楽に抜けると説明しても、もう少し様子を見ます、と引き延ばしつづけていたが、ついに覚悟をしたようだ。

　麻酔注射をすると、ものの一分もしないうちに簡単に抜けてしまった。本人はあっけに取られた顔をしていたが、じつは抜いたこっちも驚いた。いくら上の歯といっても、これほどすぽっと抜けるとは思わなかった。どんな生え方をしているかは抜いてみないとわからないから、やっぱり抜歯はおもしろくて止められない。

　スタッフを帰して玄関をロックしたのは九時近かった。長い一日だったが、明日は祝日なので休診である。階段を登りながら、ひさしぶりにお袋に会いに行こうかと思った。診療を終えて自宅にもどるときにいつもお袋のことを思い出すのは、倒れたのがちょうどこの時間帯だったからだろうか。今日のように疲れて階段をのぼっていくと、部屋で休んでいたお袋が激しい頭痛がすると訴えた。痛み方が尋常でなく、すぐに救急車を呼んで病院に運び込んだ。くも膜下出血で、一命はとりとめたものの、認知障害が残って施設に入っている。くも膜下は体質的な問題が大きいというから、自分もいつかおなじ病に倒れるかもしれないというのもまた、階段をのぼるときに決まって思い浮かぶことのひとつだ。

　ポストに入っていたチラシを探し出して出前専門の寿司屋に電話した。一人分では頼みにくいので、余ったら明日の朝に食べるつもりで二人前注文した。待っているあいだに例のサイトをチェックしようと書斎に入り、パソコンのスイッチを入れた。骸骨模様のスクリーンセーバーにつぎつぎとアイコンが並んでいく。

例の怪獣サイトをクリックしたが、アクセスカウンターは10016で、朝から11しか増えていなかった。なんだ、自分が押さないとほとんど進まないじゃないか。これでは1111になるまで延々とかかってしまう。お望みどおり進めてやろうとキーを押した。すぐに10300台になった。

掲示板には本人の書き込みはなかった。きっと10000のゲッターが名乗り出くるのをガラクタの詰まった福袋を抱えて待っているのだろう。まったく犬みたいなやつだ。それも大型犬ではなくて、頭にリボンなんかを結んでいる虫みたいなやつ。いつもおどおどしていて吠え声ばかりうるさくて、蹴っとばすとグニャとなる。

闘志がみなぎってくるのを感じ、キッチンにもどるつもりがそのまま椅子に座って小説を書き出した。佐伯の死は、何かに追いつめられた結果の自殺も同然の死だったが、何に追い詰められたのか、というところで思考がストップしていた。

ふっとアイデアが浮かんでキーを叩き出した。小動物の足音のようなパタパタいう音がして文字が並んでいく。考えがどんどん進んで指の動きが追いつかない。寿司が届くとかたわらに置いてつまみながら夢中で書きつづけた。

入れたばかりの差し歯が欠けたという患者がやってくる。夢でうなされて目が覚めると顎がガクガクになっていたと言うのだが、強く歯ぎしりしたらしく、セラミックの歯の一部が欠けて尖っている。佐伯技師の作った差し歯だった。

午後になってこんどは大学生の患者が、治療の終わった歯が変な味がすると訴えてきた。鋳型をとって詰めた左奥の臼歯で、はじめは違和感があるけれど、すぐに慣れるので大丈夫だと説明すると、そうじゃなくて、はじめはよかったのにだんだんと苦いようなしびれるような味がするようになったと言う。この歯も佐伯が作ったものだった。

こういう訴えが立てつづけに来たことは、これまでなかった。偶然の一致にしては多すぎる、とドクター・サライは首を傾げる。

きわめつきは総入れ歯を作ったばかりのおばあさんだった。その入れ歯で物を噛むと、頭の中でカイコが桑の葉をかじっているような音がするという。少々耄碌しているのだろうと思い、そんなことはないですよ、よくできていますよ、となだめると、私はむかしカイコを飼っていたから知ってるんです、間違いないです、と息巻く。これもまた佐伯の作った入れ歯だった……。

モニターから目を離して大きく息をついた。時計は午前一時を指していた。ひさしぶりに書くことの高揚を味わった。登場人物をつぎつぎと異常な事態に引き込んでいくのがおもしろい。自分で書いていながら、だれかに書かされているような気分だった。

このうちのだれかを殺ってもいいかもしれない。奥歯にわずかな毒薬を詰めてじわじわと殺していくというのはどうだろう。

患者を診療していると、そんな妄想が起きることがよくある。目の前に大きく開いた口がある。体内に直結している穴が開けっぴろげになっているその無防備ぶりに、あらぬ考えが刺激される。歯は体の一部にもかかわらず生死にかかわる実感がないから、そこから毒がまわって死んでいくというアイデアは、悪くないかもしれない。

小説が進むと預金残高が増えたようにほっとする。今晩はぐっすり眠れそうだと思いながらパワーキーを切ろうとしたとき、ふとキリ番のことが頭をよぎった。書いているあいだは忘れていたのに急に気になり、ちょっとだけ、とひとりごちながら開いた。

カウンターは１０３７９を示していた。もどってきてすぐに見たときは末尾が16だったのに、この四時間くらいのあいだに80もアクセスがあったことになる。どうして八倍にも増えたのだろう。この数時間に何か起きたとしか思えず、さっきまでの満足感が消えて、いらいらしてきた。

ひょっとして自分のまねをしている人がいるのではないか。カウンターを操作して数字を増やそうとしているやつが……。

そう思いついた瞬間、頭にカーッと血が昇ってこめかみがピクピクし出した。そんなやつを放っておいちゃだめだ。ちゃんとバッシングしなくては。キーに指をのせ、数字が変わるのを確かめながら押していった。手加減はなしで、キリ番になるまで叩きつづけるのだ。

十数回押したとき、妙なことに気が付いた。１０３１６のあと、１０３１８に飛んだように見えたのだ。目の錯覚だろうか。

もう一度試すと、21のあとに22が出なくていきなり23にジャンプした。頭の中がジーンとしてなにがなんだかわからなくなった。どういうことだろう。押してもいないのに数字が飛ぶのはなぜだろう。心臓が早鐘を打ち、ぜんしんが熱くなった。

もしかしてつぎの一押しまでのほんのわずかな隙間をねらって、だれかが押しているのではないか。

キリ番ゲットが目的ならさっさとカウンターを増やして勝負に出ているはずだ。そうではなくて、挑発しているのだ。しつこく間隙を打って根負けさせるのがねらいなのだ。誘いに乗ってはいけない。このままやれば相手の思うツボだ。だいたいキリ番を否定しているのに関わること自体がおかしいのだ。いますぐ指を離してサイトを閉じる。そうすればこのばからしい争いにけりがつく。そしてなにもかも忘れてシャワーを浴びてベッドにもぐり込むのだ。

ところがキーから指が離れない。体から自立して別の存在になったように、思うのと逆のことをつづけている。そのうちに割り込みの頻度が上がってきて、三回に一度の割で数字が飛ぶようになった。モニターのむこうでこちらの動きを見張っているのを感じる。ハーフミラーの部屋にいるように、姿を見せずにこちらの一挙手一頭足を観察しているのだ。そうでなければこんなに鋭く隙を突けるはずがない。

目の前にあるのはたった五ケタの数字だった。それが生き物のように意識をゆさぶり、不安をかきたてる。つぎを押したら飛ぶのではないかと思うと、指先が震え、頭に昇っていた血が一気に下がって寒気がしてきた。そして押した瞬間、小さな針を打ち込まれたように脳髄に痛みが走った。

キーを叩いている実感がなくなり数字すらも見ていなかった。モニターの奥から伸びた光が強くて目を開けていられない。間もなくその光が画面いっぱいに広がって爆発するのがわかっていた。ヴァニシング・ポイントがもうそこまで来ていた。だが後退はできなかった。息を詰めてそこにむかうだけが唯一、可能なことだった。

随時見学可

その建物を見つけたのは木曜日の午後、取引先との打ち合わせを終えたあとだった。いつもは用事がすめば伝書バトのように会社にもどるのに、長かった連休が終わったばかりで、少しはゆっくりしてもいいようなくつろいだ気分になっていた。

一駅先の地下鉄駅まで歩こうと思い立ち、初夏のような明るい陽射しのなかを歩き出した。レストランの入口に並んでいるワインのボトルや、ケーキ屋のショーケースに見入っている人を横目で眺めたりしているうちに、あたりはマンションばかりになり裏道に入った。都心とは思えないほど物静かな一角で、方向さえまちがわなければこっちのほうが歩くのに楽しそうだ。

趣味はなにと訊かれたら散歩と答えるだろう。ほかに趣味らしいものがないというのもあるけれど、あみだ籤を引くようにあの道、この道をさまよい歩くとき、体の奥から突き上げてくるような歓びを感じる。じつに安上がりな娯楽である。

どの道を行くかは勘で決めるが、ここがよさそうだと入っていくと、思ったとおり昭和の香りがたっぷり漂う家が建っていたりする。立ち止まってその家の中心になる部屋はどこかを考え、窓から入る陽射しの具合を想像する。明るすぎない使い込まれた空間がまぶたに浮かんで、ダイニングテーブルと、その上に下がっているペンダントライトが像を結ぶ。もちろん蛍光灯ではなくて白熱光だ。テーブルには飲みさしのコーヒーカップがひとつ、それとリンゴの入った大きな鉢がある。そのうしろはキッチンで、カウンターに空のミネラルウォーターのボトルがぽつんと立っている。シンクには水ですすいだ白い皿が二枚、ガス台にはステンレスの笛吹ケトル。シンクの横には大型冷蔵庫が直立不動で立っていて、扉を開けるたびにマグネットで押さえたメモがいっせいにひるがえる。

天気の具合や光の状態にもよるけれど、うまくいけば煙のように忍び込んで、本を読んだり映画を見るように別の時空を散策できるのだ。家は古ければ古いほうが好ましい。配達したての新聞より、古新聞のほうが想像を刺激するように、時間の経った家ほどそれ自身の持つ豊富な物語がほどけ出す。

道が徐々に低くなって前方に塀が立ちはだかった。ベージュ色に青い横線が入ったスチール製の壁が、視界のかなり高い位置を水平に横切っている。住宅じゃないなと思う間もなく、猛スピードのモーター音が上から降ってきた。

やっぱり高速道路だったかと思いながらそばに寄っていくと、その不思議な構造にもう一度驚かされた。ふつうは並列して走っている上下線の道路が上下に振り分けられて二層になっている。上段はスチール製の壁に遮られ、その下はコンクリートの壁ですっぽり覆われていてどちらも車両は見えないが、ゴーッという音が右から左に、その逆に、荒っぽく走り抜けている。こういう高速道路もありなのか。

塀の際には細い遊歩道がずっと先までつづいていた。地下鉄駅から離れるような気がしたが、そこを歩いていきたくなった。誘い込むようにゆるくカーブし、家の建っている場所から一段低くなっているので、道というより涸れた水路のようだ。都心の高速道路は川をふさいでその上に造ったものが多いと聞いたことがあるが、もしかしたらこの道もそのひとつかもしれない。上に車を通して、下を下水道に利用しているのだ。

内側にこもっていた車の音が急に激しくなった。壁にコンクリートがスポッと抜けたような四角い穴が開いている。幅一・五メートルくらいで、高さは足下から壁の上まであり、穴というよりもドアのない入口のようだ。

縁に立って恐る恐る中をのぞくと、少し低いところに高速道路の路面があった。カーブしているのでトンネルの奥は見えない。猛獣の眼玉のようなものが猛スピードで突進してきて、目の前を通過したとたんに反対側の穴に吸い込まれていく。ギラギラのヘッドライトがテールランプに転じるのは一瞬で、車体は見えず、ズボッという音だけがする。

換気口にしては大きすぎるし、出入口のはずもないし、いったい何のための穴だろう。

ここから住宅街のほうに坂道が伸びているのも妙で、上からだれか走ってきたら突っ込んでしまいそうに危ないもかかわらず、柵もなければ注意書きひとつ立ってない。まるで「どうぞ」と誘っているような感じがする。

しばらく首を傾げて見ていたが、考えても答えが出るわけでなく、気を入れ替えて歩き出した。まもなくしてY字路に出た。いま来た道と分かれて住宅街に入っていく道が先に延びていて、二股のあいだには切り分けたケーキのような形のマンションが建っていた。オリーブグリーンというちょっと変わった色で、「入居者募集　随時見学可」という看板が掛かっている。築三十年はたっていそうなほど古いのに、外しそこなったのだろうか、それとも下ろす間もないくらい出入りが激しいのだろうか。

裏にまわると薄汚れた玄関があり、外からは見えない位置に「ご用の方は１００号室へ」と書かれていた。暗がりにドアらしきものを認めて寄っていった。足下に空の牛乳瓶があり、ブザーには「壊れています」という黄ばんだ紙が貼り付いている。ノックするとわずかに扉が開いてまた閉じ、チェーンの外れる音とともに年配の女性が顔を出した。

用件を言うと女は鍵束を持ってエレベーターに乗り込み、３のボタンを押した。無言で天井を見つめて、手だけ動かして鍵をガチャガチャいわせている。重そうな音がしてエレベーターが上昇し、ガクンという衝撃があって停まった。薄暗い廊下を右に折れてドアの前に出ると、鍵穴にキーを差し込みながら目だけをこっちにむけて、変な部屋ですよ、と言った。

最初に目に飛び込んできたのは正面の壁だった。玄関のドアと平行でなくて右奥に傾いている。その壁はすぐに終わって奥に行く短い廊下になったが、その壁のコーナーも直角ではなく六十度くらいで、廊下の先は三角形の部屋だった。二十平米くらいだろうか、三辺のうちの一辺は壁、もう一辺は窓で、残りの一辺にユニットバスが仕込まれている。ほかに流しとガス台が壁際についていて、それでぜんぶかと思いきや、ユニットバスのある一辺の、廊下を挟んだ反対側にもちっぽけな部屋があって、これもまたひしゃげた四角形をしていた。

直角のコーナーはひとつもなく、どこも四十五度より開きすぎだったり、狭かったりする。敷地が三角形だからだろうかと考えたが、だからといってこれほど歪める理由があるだろうか。

子供のころ、いろんな形のピースを並べて図形をつくるパズルを持っていた。遊び終わってそのプラスチック片を平たいケースに詰めるときの手応えが思い浮かんだ。ここはそのケースが四角くなくて三角形なのだ。入っても居着かないんですよ。女は部屋を見まわしながら言った。感覚が変になるって言って。

そう言われれば、まだ来て五分も経たないのに足下がおぼつかないような、上下が逆さになったような感覚がある。部屋というより、なにかの容器に詰め込まれたようで、表に出たら身も心もこの部屋の形になっているような感じがした。

住むわけでないのだから、これぐらい変わっているほうがおもしろいかもしれない……。ふっとそんな考えが湧いてきて自分で驚いた。これまでひとりになりたいと思ったことはないし、男性誌が「隠れ家」特集をしていても他人事だと読み飛ばしていた。毎日、郊外にある家に帰ってただ眠り、休日はリビングでテレビを見るか、外を散歩するかのどちらかで、自分の部屋を持つことなど考えたこともないのに、いきなり願望が増殖してぜんしんに満ちあふれんばかりになった。

家賃は驚くほど安く、そのうえ、礼金も敷金もなかった。八年前に買った住宅のローンが残っていたが、このくらいの額なら小遣いのなかでやりくりできそうだ。

その足で教えられた不動産屋に行き、契約をした。必要だったのは免許証と印鑑だけで、手続きはすぐ済んだ。鍵を手にして店を出たとき、のっぺらぼうだった壁に音もなく扉が開いたような気がした。この広い東京に自分だけが出入りできる空間を持てたのだ。もちろん妻には内緒だし、だれにも言うつもりはなかった。

六時すぎに仕事が引けると、家とは反対方向の地下鉄に乗る。

ホームで電車を待っているあいだは柱の陰に隠れていて、電車が来たら素早く乗り込む。地上にホームがあって線路を挟んで上下線がむかいあっているので、逆方向にいると目立つのだ。目立ったところでどういうことはないけれど、同僚に見られなければそれに越したことはない。

途中で乗り換えがあってその駅に着くのは七時前後である。日が長くなっているので外はまだ明るい。人々が足早に家路を急いでいる。自宅のある郊外の町とちがって、だれもが鞄の底にその人だけの謎をしまっているように見える。謎の帰り着く先は白っぽいマンションの一室で、謎の中身はわからないし、その人自身も気づいていないかもしれない。

コンビニエンスストアでビールを買い、少し先の中華の店で二、三品テイクアウトの注文をし、待っているあいだにネクタイをとってワイシャツの襟を開ける。昼間の自分が夕闇のなかを逃げていく。

それから表通りを離れて遊歩道に下り、街燈の少ない好ましい暗さのなかを息をはずませながら歩いていく。途中、穴のところで立ち止まって走っている車を眺める。いま目にしたものが一瞬のうちに消える絶え間ない連続運動が、頭のなかを空っぽにしてくれる気がする。ときたま車の流れが途絶えると、車道に下りていって向こう側の壁に手をついてきたいような奇妙な衝動が突き上げる。鬼の見ていない間に空き缶を蹴っとばす缶蹴り鬼のスリルに近い。高層ビルの屋上とか、断崖絶壁の上とか、一歩踏みだせば終わりという場所にいるといつもそんな誘惑にかられるのだ。

マンションはひっそりしてひと気がなく、エレベーターの音だけがやけに大きく響いている。錠の外れるカチッという音を聞きながら部屋に入り、窓を開ける。乗用車のビューンという音、オートバイのブルブルいう音、大型トラックの荷台が揺れる音、ときにはパトカーや救急車のサイレンなどが勢いよく流れ込んでくる。窓を閉めても音量にあまり変わりない。最初は耐えられるだろうかと思ったが、心配なかった。人と話をするわけではないから静寂は必要条件ではないし、それにこういう音は拒もうとするとかえって逆効果で音のなかに入ってしまうほうがいいのだ。呼吸を詰めずに深く息をしながら、頭から足先までをトンネルのようにする。すると音は体のどこにもぶつからずにただ通り抜けていく。この世に騒音なんてものはなくて、音だけがあるのが感じられる。

部屋には小さなテーブルと丸椅子がある。料理を皿に移し替えて、グラスにビールを注ぐ。サラダにシュウマイ、それとエビチリソースのようなものが一品。ビールは一杯目がとびきりにおいしいが、二杯目も三杯目もうまい。薄暗いなかでつまみをつつきながら飲みつづける。電気はつけない。そのほうが世の中が遠く隔たっている感じがしていいのだ。以前は仕事が終わったら、会社のあるオフィスビルの地階で一杯やってから帰るのが日課だった。飲み屋は線路のポイントのようなもので、家庭という引き込み線に入るには、そこで気持ちを切り替えなければ帰れなかった。

いまは仕事が済むと一刻も早くビルを出たくてたまらない。変化に気づいている者もいて、今日も出てくるときに隣の池部が、このごろつれないじゃないの、と詮索のにおいを漂わせて言った。いや、そのうち、とことばを濁したが、心のなかでは、もう君らと同類ではないんだよ、と優越感に浸っていた。

ここにいると三、四時間がまたたく間にすぎていく。途中、ふっと意識が遠のくことがある。寝入るまでには至らないが、半睡状態の頭にいろいろな記憶が浮かんでは消えていく。たったいまもそうだった。

学生最後の夏休みに男ふたりでタイに行った。いま思い浮かんだのはそのときの風景でも相棒の顔でもない。最初の晩に泊まったホテルの電灯のことだった。夜中に目が覚めたら、円盤型の蛍光灯がつけっぱなしになっていた。丸いカバーのすみにカビのような黒い染みが浮き上がっていて、それをじっと見ていたら、カバーの中に虫が飛び込んで、出るに出られず計器の壊れた飛行機のように飛び交い出したのだ。そのときなんとも痛快な感じがしたのを生々しく思い出したのである。

その記憶に引きずられるようにして、子供時代の別の記憶も浮上してきた。いい記憶ではなくて、むしろ忘れたいもののひとつだが、小学校のある時期、近所の子をいじめる妄想にとりつかれていた。かわいいとは言いがたい小太りの女の子を木に吊るしてお尻を叩くシーンが頭にこびりついて離れなくなったのだ。日が落ちて樹木が黒いシルエットになると、そのシーンが浮かんできて胸が苦しくなった。はたして想像だけで止められるだろうかと日没が来るのが恐かった。

塾に通うようになると忙しくてそれどころでなくなり、妄想から解放されたが、一時はだれかが手足を縛りつけてくれないかと願った。本当の怖さは、外から来るのでなくて自分の内部に宿っているのをそのとき悟った。

忘れていたことがよみがえると、自分の前後がカチッとはまったような感じがする。マンションを出ておなじ道を駅にもどるときはいつも爽快な気分だ。自宅に帰り着くのは十二時を過ぎている。妻も娘も寝ている時刻なので、ブザーは鳴らさずに自分で鍵を開けて入る。学習ドリルやスナック菓子がちらかったテーブルで水一杯を飲む。新聞は見出しを見るだけにして、シャワーを浴びるのにパジャマと下着をとりに寝室に行くが、そのときドアにかけた手がかならず止まる。いつのころからか、人の寝ている部屋を開けるのが怖くなった。十二歳の娘の部屋に入るときはそうでないから、大人の場合だけかもしれないが、闇のなかに妻の見ている夢が翼を広げているような気がして足がすくむのだ。

目が覚めてあたりを見まわすと、先に起きた妻が鏡にむかって化粧をしていた。ベッドに寝ころんだまま薄目を開けて眺める。左の目尻の下に切手くらいのサイズの染みがあるが、あんなものは前にあっただろうか。いや、あったけれど気がつかなかっただけだろうか。ファンデーションをつけたら少しは目立たなくなったが、それでもあることには変わりなく、顔が動くたびにそれが移動するのが奇妙だった。

やり残しの仕事があるので会社に行ってくると声をかけると、まだ寝ていると思っていたらしく、一瞬背中をびくっとさせた。「宅配の再配達を頼んであるんだけど」と鏡を見たまま言うので、電話しておくと返すと、「じゃあ夕方にしてもらって」と言って出ていった。

娘をせかす声が廊下に響き、それに応えて娘がなにか言ったと思うと、玄関のドアがバタンと閉まって急に家の中がしんとした。

起き上がって宅配に電話をし、コーヒーを淹れてトーストを食べ、彼らが残していった食器もいっしょに洗って外に出た。いい天気だ。

隣には同じ時期に分譲した家が建っていて、ガーデニング好きの奥さんが手入れしている花がつぎつぎと開く。フェンスの際には、ひょろっとした灌木が植わっていて、枝がこちら側に突き出ていた。瓶洗いのブラシのような形の赤い花が先っぽに揺れていて、鼻をつけると何のにおいもしなくて、ただくすぐったい。

土曜なので電車はがら空きで、シートに斜めに座って額に風を受けながら外を眺めた。帽子をかぶって庭いじりをしている人が見える。背中に一途なものが漂って幼児のようだ。ひとり見つかるとつぎつぎと見えてきて、だれもが庭にしゃがんで土をほじっているように思えた。

終点で地下鉄に乗り換え、さらに十五分ほど乗って地上に出た。

週日は毎晩のように来ているけれど、休みの日にこの町を訪れるのははじめてである。道を行く人はまばらで、開いているのはコンビニエンスストアとチェーンのコーヒー店くらいで、どちらも客は少なくて、町が広々して見える。夜見るとおどろおどろしく感じる遊歩道の落書きも、陽に照らされて白茶けていた。

今日はしなければならない作業があった。作業というほどのことではないが、小さい部屋に敷き詰めてあるリノリュームが古くて禿げているので取り除きたかった。窓を開けて空気を入れ替え、簡単に掃き掃除をしてから床にしゃがみ込んだ。

部屋が歪んでいるので、それに合わせて敷き込んだタイルの模様のリノリュームも歪んでいる。端が鋲で固定されていて抜きにくかったが、持ってきた工具で工夫するうちに頭の浮かせ方がわかり、二本目からはやさしくなった。

風化して固くなったリノリュームは鋲がとれてもくるくるとは巻き取れない。折り曲げながら少しずつはがしていくと、三分の一くらい取れたときに、下から黄ばんだ古新聞が出てきた。なんでこんなところに新聞が、と思いながら手に取ると、偶然にも十五年前の自分の誕生日のものだった。

その日のことを思い出すのはむずかしくない。三十三歳になったその日にいまの妻と結婚したのだ。これからは誕生日と結婚式を一緒に祝うことになるねと言い合い、実際、三年目くらいまでは実行していたが、途中からしなくなった。忘れているならあえて言うこともないと思ったし、そのうち自分でもだいぶ過ぎてからでないと思い出さなくなった。

何かおもしろい記事はないかと探していると、動物園で生まれたばかりのライオンの子を親から離し、爪と乳歯を抜いて飯と魚で育てているという話が出ていた。ライオンの背中に子供たちを乗せて客集めするためらしく、永久歯が出てきたらそれも抜いてしまったので、おじいさんのような口になったと、写真が載っている。おかしくて新聞を手にしたままへらへら笑ってしまった。まるでマンガだ。いやマンガのネタでもこんなことは思いつかないだろう。

笑いすぎて筋肉が弛緩したのか、どうやらそのまま寝てしまったらしく、窓の外が黄色くなっているので目が覚めた。日暮れが近かった。あわてて残りのリノリュームをはがし、ゴミ袋に詰めて一階の不燃物のゴミ入れに突っ込んだあと、なにげなくマンションの壁を見あげると、「随時見学可」の看板がなかった。三階の窓の下あたりに掛かっていたのに、跡形もなく消えている。脚立を使っても届かない高さだから、あの管理人の女性がとりはずしたとは思えないし、長く掛かっていれば跡がつくはずなのに、それすらも見えなかった。

駅に歩き出すと、買い物袋を下げた女の人がむこうからやってきて頭を下げた。後ろにいる人に下げたのかと思って振り返ったが、だれもいない。少しすると今度は犬を連れた中年の男がおなじように会釈した。無視するのも悪いと思い、あわてておじぎを返し、そのあとから来た子供連れの母親にも挨拶され、道々、何度も頭を下げることになった。人に会ったらそうするのがこの町の習慣なのだろうか。それともだれかにまちがわれているのだろうか。

そろそろ遊歩道が終わるというとき、今度は高校生くらいのふたり連れの男の子が呼び止めてきて、「自動販売機の釣り銭が切れているので、細かくしてくれませんか」と千円札を出した。小銭を数えるとわずかに足りないので、いくらいるのと訊くと、二百円だと言うのでその分を渡した。

ふたりは「明日お返しにいきます」と恐縮した。このぐらいかまわないよと言ってうっちゃったものの、家がどこか知っているような口ぶりが気になった。

日曜日は家にいて、新しい週がはじまるとまた退社後に隠れ家に行く日々がはじまった。「隠れ家」という言葉にニヤついてしまう。口に出して言ったことはないし、だれも存在を知らないのだから言う機会もないのだが、自分のなかでここは「隠れ家」と呼ばれていた。

月曜のその夜、ドアを開けて入ると、三和土《タタキ》に表書きのない封筒が落ちていた。百円玉がふたつ入っている。なんとなく手触りが奇妙な気がして明かりの下でよく見たら、子供のころに出まわっていた百円玉だった。稲穂の模様に見覚えがある。新しいコインに切り替わったとき、桜の模様になじめなくてこればかり集めていたのだ。でも、いまどきどうしてこんなものを返して寄こすのだろう。コインの手触りには心惹かれたものの、また謎が増えたような気がした。

その夜はうっかり長居をしてしまい、もう少しで終電を逃すところだった。改札口を駆け抜けてどうにか滑り込むと、月曜日だというのに車内にはほろ酔い加減の人が多く、みんな茹でダコのような顔で吊り革につかまってゆらゆら揺れていた。

家では妻がまだ起きていた。テーブルになにかを広げて一心に見入っている。左頰のしみが前よりも大きくなったようだ。明かりのせいかもしれないと角度を変えて見たが、やっぱり半島のようなかたちに拡大している。

テレビがついたようにいきなり妻がしゃべり出した。「○○はだめらしいの」と言ったのだが、だめのところがわかっただけでその前が聴き取れない。返答に困って沈黙していると、「がんばっても無理だって」とつづけたので娘の中学受験のことらしいとわかった。このごろ週末ごとに模擬テストを受けに行っている。

妻は紙を見つめたまま、机の上のポテトチップスの袋を手でぐりぐりと押しだした。そんなことしたら食べられなくなるのに、と思いながらバリバリ中身が砕ける音を聞いている。何か言うべきことを考えようとするのに、思い浮かばない。だめならしょうがないじゃない、と言ったら怒るだろうし、がんばれば、と言っても他人事に聞こえるだろう。なにを言っても嘘くさくて言葉が口先で止まってしまう。

脇の下がじっとり汗ばんで下着が肌に貼り付き、気持ち悪い。両肩をひょいと上げると、思わぬせりふが飛び出した。

「明日からしばらく出張なんだ」

電気がとおったように全身がビリッとし、緊張した。いつかは口にするような気もしていたが、それが今晩になるとは思いもしなかった。内勤中心の部署なので、最後に出張に出たのがいつだったか思い出せないほど少ない。きっと妻は何か訊いてくるだろうと身を固くして待ったが、案に相違して「どこへ」とも「いつまで」とも言わずに娘に似た口調で、「あっそう」と返しただけだった。

翌日、旅行バッグに必要なものを詰めて家を出た。会社に持っていって何か訊かれたら嫌なので、駅を出たところでコインロッカーにしまった。コインが落ちてカチャンと音がしたとき、取り返しのつかないことをしてしまったような気がしたが、それも一瞬のことで歩き出すと消えた。

帰りには当然のようにバッグを取り出して隠れ家にむかった。暖かな夜風が頬に心地よく、店のネオンサインがひときわ鮮やかに目に飛び込んだ。最近、終電で帰ることが多い。もうそんな時間かと思うほど時計の進みが早く、あたふたと部屋を後にし、この道を駅に駆けていく。今日はもうその必要がないと思うと、自然と心が浮き立ち早足になった。

秘密など持てない臆病者だとずっと思っていた。妻に隠れて部屋を借りるなど、どこかのだれかのすることで、自分には一生関係ないと信じていたのに、すんなりと嘘がつけたことに内心驚いていた。悪びれた気持ちは少しもしないどころか、秘められた特技が伸びていくようなうれしさを感じる。まるで自分の中に新しい人間が育っていくようだ。

マンションは街灯に照らされて進水する船のように雄々しかった。看板はたしかあのあたりに掛かっていたんだったと、空っぽになっている三階の窓の下を見上げた。あそこに「随時見学可」の文字がなければそもそも部屋を見ようとは思わなかったし、こういう展開にもならなかっただろう。

ビールとつまみで腹を満たし、いつものように電気をつけずに暗いなかでぼうっと過ごした。暗いままでも少しもいやでないどころか、そのほうがずっと居心地いいのが思いがけなかった。カーテンがついてないので外の明かりが入る。暗い部屋から明るいほうを見ているのが、むこうに知られないまま一方的にのぞき見ているような気分にさせる。ふと体の中は闇だろうかと考え、発光するものはないからたぶん真っ暗なのだろうと思った。その闇が体の外に染み出していくようだった。

四角い小部屋にヨガマットを広げてシュラフを掛けた。いまの季節ならこれで十分寝られる。幅が狭いのがちょっと気になるが、キャンプに行ったと思えばいい。身を横たえるとすぐに眠りに落ちた。

気がつくと幌のかかったトラックの荷台に座っていた。隣の長髪の男としゃべっている。はじめて見る顔だが、ごくふつうに会話しているところをみると、前からの知り合いらしい。

ソーメンカボチャを知っているかと男が訊いてきた。あれは妙なものだね、どういう仕掛けなんだろうね、としきりに首を傾げる。ソーメンカボチャなら知っている。見かけはふつうの瓜なのに、茹でると実が糸になってつるつるとほぐれだす。あの野菜のことだなと思いながら聞いていると、味はどうということないんだ、刺身のつまの大根と同じだ、と言うので、うまいことを言うなあと感心した。

いつの間に自分が消えて男だけがしゃべっていた。言うことは聞こえているのに、聞いている自分はそこにはいない。男のモノローグはなんども途切れては再開し、やがてフェイドアウトした。

窓の外が明るくなって目が覚めた。時計は六時を指している。マットを巻いてシュラフをたたみ、隣の部屋に行った。窓から差し込む光が三角形の角を鋭く研いでいる。車の音はせず、代わりに窓の下で自転車をこぐ音がした。

顔を洗おうとして鏡を見ると、顎から首にかけて皮膚が黒ずんでいた。鬚の伸びがいやに早い。どうしてだろうと顔を近寄せると、鼻の穴から鼻毛ものぞいている。指先でつまんで引っぱるとチクっと痛みが走った。

ネクタイを結ぼうとしたとき、襟に針で刺したような赤い染みがついているのに気がついた。さっき鬚を剃ったときに切ったのだろう。どうしようかと迷ったが、着替えるとワイシャツの替えが減ってしまうのでそのまま着て出た。

朝食には前から目星をつけていた店があった。ブリックというむかしながらの喫茶店で、朝七時からモーニングをやっている。そんなに早くに開店して客が来るのだろうかと行ってみると、案外混んでいた。

テーブルに着くとお冷やを運んできた初老の店員が、「今日はお早いですね」と言って眼鏡の奥の目を細めた。この店に来たのははじめてのはずなのにと思っていると、持ってきたコーヒーカップを見てはっとした。たしかに見覚えがある。背の高い厚手のもので、下の部分がワイングラスのようにくびれている。ありふれたものではないので、どこで見たのだろうと思いながら、重みのあるカップを口に運んだ。

ひとつ置いたとなりの席では、ゴマ塩頭の男がタバコを口にくわえながらスポーツ紙を繰っていた。流れてくるタバコの煙にまで懐かしさを感じ、ちょっと吸ってみたくなってウェイターを呼び止めてキャスターマイルドを頼んだ。マッチをタバコに近づけ、息を吸い込むとチリチリとかすかな音がして先端が赤くなった。窓から差し込んだ光が吐いた煙を透かす。タバコを吸うのは十年ぶりだった。

店を出る前にトイレの鏡で襟の血痕をたしかめると、さっきより目立たなくなっている。ほっとし、レジに行って金を払おうとポケットを探ると、稲穂の模様の百円玉に触れた。一瞬迷ったが、使っていけないはずはないだろうと五〇〇円玉と並べて置いた。店員は眼鏡をあげてじっくり観察し、訳ありな顔をして笑った。

「出張」を終えて帰宅したのは土曜日の午後だった。四日もむこうに泊まったことになる。さすがに家のドアを開けるときは気が引けた。ためらいがちに中に入り、玄関を上がると、ふたりとも外出しているらしく、どの部屋も空っぽだった。

カーテン越しに入る光が、フローリングの床をうっすらと覆っている綿ぼこりを浮き立たせている。テーブルには数日分の新聞が開いた形跡もなく重ねられていて、部屋ぜんたいにむれたような臭いがこもっていた。

バッグから汚れ物を取り出して洗濯機をまわしていると、娘がひとりで帰ってきて冷蔵庫からアイスクリームを出して食べ出した。顔が少し小さくなっている。というより背が伸びたのかもしれない。Tシャツの下の胸も少し膨らんでいるようだ。

「ママはどこ」と訊くと、「おばあちゃんのとこ」と答え、食べ終えたカップを捨てて出て行こうとするので「どこに行くの」と問うと、「おばあちゃんのとこ」と同じ返事がもどってきた。すぐ近くに妻の実家があるから、そこに入り浸っていたのだろう。「パパは」

と訊くので、「ここにいるよ」と言うと、「じゃ、ママに言っとく」と出ていった。

洗濯機のタイマーが切れるまで、読む気もなく新聞を広げていると、一枚の写真に目が留まった。大きな木の枝にカラフルな鳥がたくさん留まっていて、ペットのインコが逃げてその木をねぐらに繁殖したと書いてあった。南国の鳥は弱いようなイメージがあるけれどそうでもないらしい。派手な色も原色の看板やネオンだらけの東京に擬態するのにいいかもしれない、などと思っていると電話が鳴った。妻からだった。

お母さんが自転車で転倒して右手を折ったので水曜からこっちに来ているという。ぎくっとした。そんなことがあったのなら携帯電話で知らせてくれたらよかったのにと思ったが、考えたらこっちも「出張先」から一度も電話していないのだから、そんなことを言えた義理ではない。「行っててかまわないよ」と言うと、「そうするわ」と言って電話は切れた。


翌日は家にいてもしょうがないので、乾いた下着をバッグに詰めて隠れ家にむかった。家を出たときに一瞬、義母のところに寄ろうかと思ったが、バッグが目立つのでやめた。多めに入れたので昨日より膨らんでいる。

天気予報は今日から天気が崩れると言っていたが、降ろうか晴れようか決めかねているような優柔不断な空だ。遊歩道に行く手前の交差点のところで、大きなトイレットペーパーの包みを提げた少年が母親らしき女性と歩いているのを見かけた。どこかで会ったような気がする。前にこのくらいの年齢の少年にドリンク代をやったが、もしかしてあの子だろうかと思ったが、確信はなかった。

休日は高速道路ががらがらなので遊歩道は静かだ。しんとして刑務所の塀のようでもある。穴のところでほとんど車の来ない道路を見下ろした。路面にはタイヤの跡が二本ついていて、ときおりその上を車が通るが、一台行くとまた間があいて二本線が浮かび上がる。本当にこの下に川が流れているのだろうか、もしそうだとしたらどこかでその川が顔を出しているはずだ。一度確かめてもいいかもしれない。そう思いつくと、いますぐやってみたくなり、部屋に荷物を置くなり外に出て、まだ一度も行ったことのない遊歩道の先を歩きだした。

右にはおなじコンクリートの壁がつづいているが、左側は住宅街で、先に行くにつれて家のサイズが小さくなってごちゃごちゃしてきた。どの家も玄関はこちら側にはなくて、住宅街の道に面している。川のほうからは出入りできないから当然、そうなるのだろう。苔がはえたり、エアコンの室外機から黒い筋が垂れたりして壁が薄汚れ、いかにも裏側ふうのしどけなさが漂っている。通行人にもその気分が伝染するらしく、やたらに空のペットボトルやドリンク缶が目につく。冷蔵庫や電子レンジまでが投棄されている更地もあった。

川べりにはどうしても町の裏側という雰囲気が漂う。子供のころに通っていた小学校がそうだった。校舎の北側に川が流れていて、校門をくぐると橋があり、橋のたもとにはパンツを汚した子供がお尻を洗ってもらう用務員室があった。いつじめじめして臭くて、校庭側の明るく開放的な雰囲気と対照的だった。

ところが、雨が降ると裏表が逆転し、だれもが校庭を見ないで川を見た。降りはじめはそうでなくても、水位が上がってくると、息を詰めて水面を見守る子供の眼が廊下にずらりと並んだ。川の対岸には工作の時間に使う糊を作っている工場があり、主人が水位を調べにちょこちょこ出てきた。まだ大丈夫だとわかると引っ込むが、じきにまた現れ腰を屈めてのぞきこむ。廊下に立ってそれを眺めながら、このまま増水したら糊はどうなるのだろうと思った。濁った水が工場の床に這い上がってどろどろになって溶け出し、あたり一面糊だらけになるさまを想像してわくわくした。

しかし、よく考えてみるとこの記憶はおかしい。そんなにひどい雨なら早めに家に帰されそうなものだ。増水するのを見ていたなんてことがありうるだろうか。でも記憶のなかでは、いつもはみすぼらしい川が茶色の帯のように太くうねり、暴れながら下流に走っていくさまを、何度も見ていた。

大人になってその町に行くと、小学校はそのままだったが川はなく、ここと同じようなコンクリートの遊歩道に変わっていた。幅が狭くて卑屈な印象で、暴れ川の痕跡はどこにもなく、ここに流れ込んでいた雨水はいまはどこに行くのだろうと不思議に思ったものである。

前方の視界が開けてコンクリートの壁がなくなり、代わりに柵が現れた。下には川が流れていた。やっぱりそうだのかと勝利感にも似た感情が沸き起こった。二層だった高速道路は一層になって橋梁にもちあげられ、屋根のように川面の上にかぶさっている。路面の下にはピノキオが飲み込まれた鯨の口を思わせる大きな穴が開いていた。雨が降れば増水するのだろうが、いまのところはわずかな量が落下しているだけだ。

遊歩道はここまでで、この先、道は川を離れて住宅地に入っていく。川の存在を確かめられたのに満足し、もと来た道を引き返した。十数分歩いただけなのに、どこか遠くを旅して帰ってきたようだった。

玄関ホールに入ると、どこかで見ていたようにタイミングよく一〇〇号室の扉が開いて管理人が顔を出した。届け物が来ているという。最近、郵便物が増えている。どうやって住所をつきとめるのか、ポストに自分宛のダイレクトメールが投げ込まれるのだ。たいがい紳士服や保険の広告だが、こういう小包まで来るようになったのかと伝票を見ると、送り主の名前に覚えがない。受け取り人の名前は合っているので、とにかく持ってあがることにした。

重くはないがいやに嵩のある包みで、開けてみると菓子折りより厚手の桐の大箱がハトロン紙に包まれて出てきた。中は空っぽで、手紙が一通入っているきりだった。

「家を取り壊すので納戸を整理したら、これが出てきました。裏にきみの名前があるので、きっと拝借してそのままになっていたのでしょう。失礼しました」

長いこと借りていたものを返すにしては素っ気ない文章だが、箱を裏返してみると、たしかに幼稚な文字で釜井晶英と自分の名が書いてある。しかし、どう考えても送り主に心当たりはないし、こんな箱を返されるゆえんもなかった。このまま持っているのも気色悪く、包み直して一階に下りた。

宛名も部屋番号も合っているけれど、差出人に覚えがないと言うと、管理人の女性はだまって伝票を見つめた。前にこういう名前の人がいたんでしょうかと言ってみると、首を横に振り、「でも、しょっちゅう変わるから覚えてらんないけどさ」と鼻にしわを寄せて笑った。

部屋にもどってもう一度箱の裏を見た。やたらに角張った神経質な印象の文字で、自分の筆跡とはちがう。いや、もしかして子供のころはこういう字を書いていたのだろうか。

ボールペンを取って包み紙の裏にその字をまねて書いてみた。釜は上が大きすぎ、英の字は尻つぼみで、井は左の下が跳ねてなくてまっすぐだし、晶は日の間隔が開いて散らばりすぎだ。だが、特徴があからさまなところがかえってまねしやすく、おもしろくなって名前を書き連ねだした。

そのうちに意外なことを発見した。何十年とこの字を書いてきて、どうしていままで気がつかなかったのだろう。釜も井も晶も英も中心線にそって紙を曲げたらぴたりと重なる。すべての漢字が左右対称なのだ。

洗面用具入れに小さな鏡が入っていたので、それを縦書きにした漢字の中央に立ててみた。紙に書かれた左半分と、鏡の中の右半分が合体して「釜井晶英」の四文字が浮かび上がった。鏡を外側にずらして名前ぜんたいを映しても鏡影文字にならず、「釜井晶英」と読める。

ほかの人の名前はどうだろうと、同じ部内の家村繁の名前を書いてみたところ、まったく解読不可能なばかりか、家と繁の文字が裏返ってゲジゲジが這ったように気持ち悪い。あの男の薄気味悪さがよく出ている。

もう一度、自分の名前に鏡を当てて確かめた。形は少しも崩れず、鏡のなかにも外にもおなじ「釜井晶英」が浮かび上がる。すごい。

翌月曜日は朝に部内会議があるので早目に起きなければならなかったが、この発見に興奮して深夜すぎても寝つけなかった。不変の存在になったように心強い。こうなったらだれも指図できないだろう。

翌朝、顔を洗い、鬚を剃り、ワイシャツのボタンをはめていると、上から四番目のボタンがぽろんと落ちた。拾おうと腰をかがめたとき、「行かなくてもいいさ」という声がした。茫然としていると、「休みも溜まっていることだし」とつづけ、思っていたことを言い当てられたように体のなかで何かが弾けた。九時になるのを待って会社に電話をした。三回コールがあってつながると、他人がしゃべっているようにすらすらと欠勤の言い訳が出た。

むかしから雨の気配には敏感で、眠っていてもかならず起きてしまう。人にその話をしても偶然だと言って取り合わない。たまたま目が開いたときに降り出しただけじゃないかと言うが、そんなことはない。実際にこれまで何度もそういうことがあったのだ。

その夜も雨が降り出して目が覚めた。気がつくのは音よりもにおいのほうだ。水のしっとりしたにおいが鼻について目が開く。起きているときはとくに感じないのに、眠っている最中は鮮明になる。

時計の針は五時を指していた。起き上がって外を見ると、風景がかすむほどの降りしきる雨だった。細いガラスの棒が無数に落ちつづけ、着地したとたんに崩れて水になる。遊歩道は水が溜まって水路も同然になっていた。体がだるくて立ってられない。もういちど横になるとすぐに眠りに引き込まれた。

つぎに起きたときは十時をまわっていた。流しのわきにカップ麺の容器が入ったビニール袋がいくつもころがっているのが目に入り、燃えないゴミの日は何曜日だっただろうと思った。会社に行かなくなって日にちの観念はもとより、曜日もわからなくなっていた。全身がぶよぶよした水袋のようで頭が働かない。なにか考えてもつづかないのだ。窓の外をうかがうと雨はだいぶ小降りになり、遊歩道の水もひけて路面が出ている。閉じこもってばかりなのがよくないと自分を叱咤し、ウィンドブレーカーを羽織って川の方向に歩き出した。

路面に千切れたスパゲッティのようなものが散らばっているのでよく見ると、ミミズである。雨に誘われて出てきたのか、「の」の字や「し」の字を描きながらごにょごにょ動いている。踏まないように注意したら、かえって足下が狂って踏んでしまった。茶色い内臓が路面に滲み出て絵の具のように溶けていく。

まもなく川に出たが、このあいだ見たときとは別物かと思うほどちがっていた。濁流が落下し、ものすごい轟音がしている。風圧もすごくてかぶっていたフードがすぐに外れてしまう。護岸に垂れ下がっている蔦も風に舞い上がり引っぱられてちぎれて飛んでいきそうだ。水は激しく波打ち、いまにもあふれそうな勢いで川下に走っていく。皮一枚隔てたところにこんなに大量の水が流れているとは! 薄焼きせんべいの上に立っているようなものではないか。

ふだんはひっそりしている地底の川は雨が降ると猛然と活気づく。彼らは車が駆け抜ける下で虎視眈々と雨の日を待っている。水と砂利でできた薄焼きせんべいをひっぺ返すのは朝飯前だろう。ドンと一突きすればバリッと砕けて走行中の車がすぽんすぽんと落ちる。すぐに穴から水が噴き上げてあたり一面を覆い、道という道が水路となり、水没した住宅が屋形船のようにぷかぷかと浮かぶ。背の高いマンションだけが塔のように突き出ているが、これだって長くはもたず、根元を突けば屋上にひしめく人もろとも豆腐のように崩れ去る。

こんな光景を思い描いているとき、自分はもはや人間ではなくなっている。溢れる水と一体となり破壊の力そのものと化している。人の造ったものが壊れていく痛快さ。築き上げるには気の遠くなるような時間がかかるのに、崩壊するのは一瞬だ。その瞬間を見てみたい。廃墟となった街は神々しくて圧倒されるだろう。

興奮に体が熱くなり、気力がみなぎってきた。足先で水を蹴ってピチャピチャと音をさせながらもと来た道を引き返しマンションまで来ると、ホールの様子が出たときとちがった。曇ったドアガラスも、薄暗いホールの明かりも前と同じなのに、中の空気に微妙な変化が生じていた。ドアを押した瞬間、そのわけがわかった。生ゴミとはちがうドブや下水に似た熱を帯びた有機臭が、ホール内に充満していた。

１００号室のドアが開き、管理人が顔をのぞかせた。目が合うなり「地下ですよ」と言って床を指さし、そのまますたすたと出てきてエレベーター横の鉄の扉を開けた。中は暗くて空気が重く湿気っていた。床にマンホールの蓋のようなものが見えた。彼女はそれに手を掛けて一気に持ち上げた。臭いがいっそう強くなった。

暗い中にぼんやりと水面が見えた。深さがどのくらいかわからない。もろん奥行きもつかめない。水槽というより、死んだ川が横たわっているようだ。すさまじい臭いがする。流れている水は臭わないのに、溜まるとどうしてこんなに臭うのだろう。防火用水ということだが、この悪臭ではやりきれない。雨のあとはとくにひどくなると彼女は説明し、何かの神事のようにパンパンと手を打って蓋を閉めた。

臭いはそのまま部屋まで付いてきた。気になってシャワーを浴びたが、それでも皮膚に染みついたように臭いつづけた。


その晩、夢に娘が出てきて、「パパ臭い」と言って鼻をゆがめた。臭いだろうなあと自分でも思い、申しわけないような気持ちになった。

場面がトラックの荷台に変わり、前に会ったソーメンカボチャの男が隣に座っていた。長髪を後ろで束ねているので、ずいぶん伸びが早いなと思いながら、ゴム輪でからげた馬のしっぽのような毛を見ていると、いきなり「あんたの名前の字が薄くなっているよ」と言ってニヤリとした。「縁起が悪いって気にするんじゃないかと思って黙っていたけど、言っちゃったよ」と端の欠けた前歯を見せて笑う。

そのうち男は声を出すミミズのことに話題を変えた。「あの声は一度聞いたら忘れられないな」と言いながら、どこから出すのかと思うような低いきしんだ声をまねた。ギシギシいう声がエンジン音にかぶさってボリュームを増し、揺れもひどくなって体をまっすぐに保つのがむずかしい。

どうしてトラックに乗っているのか、どこに行くのか、思い出せなかった。さっきまでは覚えていたのに出てこないのだ。他の記憶も、砂地を歩いているときのように踵のところからスポッスポッと抜けていく。

やがて、パパ臭い、と言っていた娘の顔がわからなくなり、妻やお袋の顔もぼやけてきて、何もかもが砂塵におおわれて見えなくなり、はっとして目が覚めた。

部屋のなかが暗かった。ふだんは窓から入る明かりがあるので電気を消しても真っ暗にはならないのに、いまはその窓がどこにあるかさえわからない。流しの棚に懐中電灯が置いてあるのを思い出し、取ってこようと壁に手を伸ばした。なかなか届かず、手触りを頼りにわずかずつ移動した。壁に触れている指先だけがこの世とつながっているようだ。そこから体が紐状に引き出され、つるつると際限なく伸びていく。上下の感覚がなくなって空間ぜんたいが持ち上がり、やわらかで平穏なひどく懐かしい気持ちがした。

とそのとき、回転するライトが部屋のなかを照らし出した。周期的な光が床やテーブルや椅子を赤く浮かび上がらせる。パトカーの明かりに似ているけれど音はしなかった。光が入ったおかげで流しがどっちかわかり、水を飲みに行こうとしたが、距離感がつかめない。流しの存在はわかるが、遠いのか、近いのか、手を伸ばしたら触れるのか、一歩踏み出さないとだめなのかが判然としないのだ。天井や床や窓も、見えているにもかかわらず、モニターの画像のようにツルツルしてどこにもフックがない。赤いライトのせいかとまばたきをしてみたが効果はなく、両目の端をひっぱってもおなじで、この世からはじき出されたような恐さがひたひたと迫ってきた。まるで自分を置きざりにして世界のルールが変わってしまったようだった。

またひとつライトが灯って、ざわざわした空気が窓の下から這い上がってきた。いそいで部屋を出てエレベーターに乗った。ふだんより速度が速くてボタンを押したと思ったらもう一階で、遊歩道にはこれまで見たことのないほどたくさんの人が歩いていた。警官の姿は見当たらず、ただ人の流れだけがぞろぞろと進んで、壁の開口部からトンネルの中に入っていく。気がつくと自分も吸引されるように中に入っていた。

車は一台も通ってなくて、代わりに群衆が一方向に流れていた。前方に瘤のような人だかりがあり、流れはそこで止まっていた。人垣をかきわけて歩み寄ると、路面が大きく陥没し、バイクが倒れていた。穴の下でぴちゃぴちゃと水の跳ねる音がする。

——ついに来ましたね。

だれかが言った。

——いつかこうなると思ってたんですよ。

別の声が答えた。

おなじような声があちこちで上がってトンネル内にこだました。この事故のことなのか、ほかの話なのかわからないが、耳の中で響いているように鼓膜が痛い。耐えられなくなって、両手で耳をふさいでよろけるようにそこを出た。

何度も人にぶつかりながらマンションにたどり着くと、さっきまで動いていたエレベーターが停止していて、例の臭いが前にも増してきつくなっていた。ただ臭いだけでなく、毒性が含まれているような感じがする。呼吸が浅くなり、視界も狭まってきて、這うようにして階段を上がり、ドアを後ろ手に閉めた。だが、臭いは部屋にもついてきた。いやついてきたのではなく、このなかが臭うような気がする。バスルームのドアの隙間から漂い出ているようだ。顔をそむけると桐の箱が視界をよぎり、思わず寄っていって裏返した。あのソーメンカボチャの男の言ったように名前が薄くなっている。

そうしているあいだも臭気はどんどん強くなって胸を締めつけてきた。もうここにはいられない、逃げるしかないとバッグをつかんでふたたび外に出て、流れに逆らって反対方向に歩き出した。体当たりを繰り返しながら強引に歩を進めるうちに、少しは息がしやすくなったが、まだ走るまでの元気はなかった。前のめりになりながら、前進のみを考えて一心に足を動かした。

途中でだれかに呼び止められたような気がしたが、無視して歩きつづけるうちに、いつのまにか人影が消えて自分ひとりになった。右側に高速の壁がつづき、左には小さな住宅がひしめいている。住宅地につづいている路地を曲がるつもりで歩いてきたのに、いつまでたってもその路地が現れない。昨日、歩いたときにたしかに見たのにと思いながら、つりそうな足を引きずっていくと、前方に何か見えてきた。にわかに元気が出てきて少し足を早めたが、近づくにつれてぎょっとなった。いったいどうしたことだろう。ぼんやりと見えていたのはトンネルの前にたむろする群衆だった。黒い固まりがもぞもぞ動いている。同じところにもどってきてしまったのだ。

姿に気づいてだれかが声をあげた。

——あっ、帰ってきた。

それを合図にみんなが、帰ってきた、帰ってきた、と叫びながら駆け寄ってきた。たちまちまわりを取り囲まれてへたりこんだ。足に力が入らず、踏ん張ろうとすると踵から抜けていく。「だめだなあ」とだれかが言い、「そんな格好じゃ起き上がれないよ」と別の声が言った。笑い声があがり、手が差し伸べられた。ほら、ほら、と喫茶店の主人や、ティクアウトの店の店員や、金をこまかくしてくれと言った少年や、マンションの管理人に似た顔が、手を伸ばし腕をとろうとした。

ところが、触られたとたんにその場所の感覚がなくなる。掃除機に吸い取られるように無感覚になるのだ。まず腕の感覚がなくなり、つぎにそれが足に及んで、手足のない達磨のようになった。ふいに首のあたりに手が伸びてきて、あっと思う間もなくそこの感覚も消えてしまった。ひどく心もとない感じがする。頭が宙に浮いているようだ。

顎から順に、黒板消しで消すように顔の輪郭が消え、ついで鼻の突起がなくなってお面のようにぺたんこになり、雨に穿たれた土の跡のようなふたつの孔が開いた。煙のような息がそこから立ちのぼる。ということはまだ死んではいないらしい。

ゴミ入れや浴室マット

電話が鳴ったとき、風呂を洗っている最中だった。洗剤のついたスポンジで浴槽をこすり、水で洗い落とそうとして音に気づいて出ていくと、だいぶ鳴りつづけたあとらしく、どこかに行ってたの、と訝るような夫の声がした。電話は那覇空港からだった。毎年この時期におこなわれる大学のゼミ旅行が今年は念願がかなって沖縄になり、出かけていったのが三日前。本当なら明日の最終便で帰る予定だったのに、大型の台風が接近してきたので一日早く引き上げることになりいまから乗るところだという。夕食はどうするのと訊くと、うちで食べると言って電話は切れた。

受話器を置いてテレビをつけてみた。雨の降りしきる街路が映し出され、椰子の木の細長い葉が強風にあおられ、鏡獅子の毛振りのようになびいている。「間もなく宮古島が台風圏内に入ります」とアナウンサーがヤッケの裾をパタつかせながら言っている。東京はよく晴れていて、秋にしては暑すぎるほかはなにも変わったことはなかった。

昨日はうどんで、その前は塩シャケを焼いただけで、一昨日はなんだったかもう思い出せない。今晩も適当に済ますつもりだったし、しばらく料理らしいことをしていなかったので献立が思い浮かばない。スーパーに行けば考えつくかもしれないと、ジャージのままポケットに財布だけを入れて外に出た。

向かいの家のバナナの木が風に揺れている。と言っても幅の広い葉っぱがひらひらしているだけで大した風ではない。予報では東京に来るのは明後日の午後だという。二時に人に会う約束があるけれど、あんまりひどかったら延期してもらおうなどと考えていると、いつの間にかスーパーの前に来ていた。

売り場を見たところでアイデアが閃くわけではなく、カゴの中はいつまでたっても空のままだった。魚はラベルだけ今日のに張り替えたように鮮度が悪く、肉のコーナーに行くとこんどは肉を使ってなにを作ったらいいかわからない。イカが新鮮そうだったのを思い出して引き返したが、小豆色した表面を見ているうちに皮をはぐのが面倒になってきた。悪い癖である。いったん迷い出すと迷路に入ったようにぐずぐずして決められない。

まだ頬がふっくらして肌に張りがあったころは、いまよりもっと迷いの多い人生だった。仕事にしても、男にしても、むこうからくるものをあてにするばかりだった。それでもなんとかなったのは、若くて好奇心があったからだろう。最近はなんでもやってみる前にわかった気になって、めったなことでは感動しない。心の表面がプラスチックのようにツルツルしている感じがする。

醤油やサラダオイルがセール中だったのでそれも買い込み、両手いっぱいに下げてもどってくると、もう六時になっていた。献立は悩んだわりには平凡な線に落ち着いて煮込みハンバーグになった。明日は帰りが遅くて彼ひとりで夕食を食べてもらわなくてはならないから、多めに作ってまわすつもりだった。こういうとき、食べ物に興味の薄い夫は便利である。なにを作っても無関心で励みがない代わりに、昨夜の残りを出しても気がつかない。

ラップをはずして挽肉をボールに空けるとき、白い発泡スチロールのトレイに付いた赤い粒にぞくっとした。塊りのときよりも、ほぐれて粒になったほうがいかにも肉片という感じがして怖い。ラップにもついていたが、丸めて生ゴミ入れに突っ込んだ。

ゴミ入れはいまだにプラスチックの三角形のを使っている。シンクが古くてゴミ入れがついてないのだ。三角の蓋を取るときに決まって大晦日の夜が思い浮かぶ。ガス台にかかっている煮物を気にしながら、蓋や底にこびりついた黒カビを金だわしでこする。去年も、その前の年もそうだった。プラスチックについた染みはなかなか取れなくて、なんてばかなことをしているんだろうと思う。何百円か出せば新品が買えるのだ。

このゴミ入れは夫が引っ越しのときに自分のアパートから持ってきたもので、家で使っていたのは蓋なしだったので、こっちに乗り換えた。十数年の時間がこの中に詰まっているというのは大げさだけど、これを処分するとふたりの関係も危うくなるような気がして捨てにくい。

キッチンにはほかにも夫のもってきたものがいくつもある。米入れに使っているテディーベアの絵がついている把っ手付きの缶。男所帯でなんでこんなものを持っていたのだろう。蓋のない小鍋。これは卵などを溶くのに重宝している。サーティワン・アイスクリームのマグカップやミスタードーナッツの皿など、店の景品としてもらってきたものもある。マットレスや布団はぼろぼろになれば買い替えるけれど、プラスチック製品は壊れないので捨てどきがむずかしい。結婚して五年目くらいまでは、家を建て替えるようなことでもあれば、そのときにまとめて整理しようと思っていたけれど、いまではそんな想像もしなくなった。父の建てたこの家にこの先もずっと住んでいくだろう。

四人家族のために建てた家は夫婦ふたりには十分すぎるほど広く、なまじ押し入れがたくさんあるので物も多い。一度も出してない品々がどの部屋の押し入れにも詰まっていて、開けるのすら恐ろしい状態だ。

大学を卒業してすぐに父が亡くなり、しばらくしてひとつ年下の妹が一人暮らしをしたいと言って出ていった。やられたと思ったときはすでに遅しで、大きな家に母とふたり残された。晩婚だった母はまわりの友人の親より軽く十歳は年上で、一軒家にひとりで置いておくのは気が咎めた。けれども言い合いしながら暮らした日々も、それから十年ほどで終わりになった。進行の早い癌で気づいたときにはおそく、父も癌だったのでうちは癌系統なんだなあ、とあらためて思った。

夫と出会ったのは母が亡くなって一年くらい経ったときである。妹はすでに結婚して地方に暮らしていたし、ひとりでこんな家を維持するのは大変だから、売り払ってマンションにでも移ろうかと思っていた矢先だった。フリーターをしながら映画を撮っている青年っぽい人で、三十だと言ったが、その歳には見えなかった。それにフリーは（自分がそうなので）優柔不断というイメージがあったが、彼はそうではなくて会って一ヵ月もしないうちにアパートを引き払ってここに越してきた。家が目当てだったんじゃないの、と女友だちは嫉妬と嘲笑のまじった声で言ったけれど、もしそうだとしてもかまわないやと思った。家を壊して更地にして売る面倒を思うと、一緒に住んでくれる人がいるだけでひとつ重荷が減った気がした。

暮らすことを決めてすぐに籍を入れた。どうせ入れるならと早いほうがいいと、あと二日で三十五の誕生日という日にあわてて書類をそろえ役所に持っていったのを憶えている。いま思えば三十四だって五だって同じことだが、あのときはほんの一歳でも若いうちに入れたかった。だらだらとつきあっていたら自然消滅していたかもしれない。あのころの夫は切羽詰まったものを抱えていて、うむを言わせない勢いがあった。

もう十七年か、と思う。引っ越しをしないと記憶を振り返るポイントがなく、時間だけが過ぎていく。子供がいればちがうかもしれないけれど、夫婦だけだとあっという間だった。ときどき抽出を開けて便箋なんかを探していると、奥から旅先で撮ったむかしの写真が出てくることがある。端が折れて色の褪せたサービスプリントには、まだ頭にたっぷり毛が生えていて、皮膚のたるみも小鼻の横の縦じわもない夫の顔が写っている。生気にあふれていて、ちょっと高慢そうな雰囲気だ。

もちろんこっちもいまよりは若くて、髪は肩まで伸び、ツルンとした肌には染みひとつない。ふたりで並んで写っているから、人に頼んでシャッターを切ってもらったのだろうけれど、夫の手がこっちの肩にかかっているのに驚く。いまではふたりだけでもそんなことはしない。

若いころは自分を若いだなんて思わなかった。若いのはいつも他人で、自分はいつだって年齢という得体の知れないものに宙づりにされてきた。二十歳のときも、大学を出たときも、三十になったときも、四十路を超えたときもそうだった。若さは振り返ったときに仰ぎ見る山のようなもので、そこに登っているときは見えない。

目の前で黙々と箸を動かしている夫から、気のせいか潮の香りが漂ってくる。肌も少し焦げてきりっとひきしまって見える。こんなに食欲を発揮するのはひさしぶりで、思わず見とれてしまう。むかしは電気釜のスイッチが上がると、鍋の中にふりかけを入れて直に食べていた。行儀が悪いと言っても、こういう野蛮な食べ方が最高なんだといってやめなかったが、いつの間にかしなくなり、炊いたごはんも残るようになった。南の風を浴びてすっかり生き返ったように見える。

二杯目をかき込んだところで、空腹が落ち着いたとみえて話し出した。昨日は地元の人に連れられて本島のそばの小さな離島を訪ねたという。住人は男ばかりで、五十を過ぎて独身という男がぞろぞろいて、酒ばかり飲んでいる。女はいちど島を出たら二度ともどってこないから、嫁の来てがない。なんだか気の毒な感じがしたとしみじみと言った。

テレビでは台風関係のニュースがつづいていた。椰子の木が揺れている映像はさっき見たのと同じだから、まだ宮古島には上陸していないようだ。あせって帰ってくることなかったなと、夫は箸を宙に浮かせたままつぶやいた。大型でも速度はゆっくりらしい。

窓からは気持ちのいい風が入ってきて、台風接近などどこかよその国の出来事のようだった。昼間の暑さも日が落ちると収まり、ねぐらに帰りそこねたカラスがカァカァ啼いているほかはなんの物音もしない。おだやかな夜だ。

先に食べ終わって流しに立っていると、背後で夫の声がした。ちょっと散歩しないか。そう言ったように聞こえてびっくりして振り向いた。照れたときの癖で唇の端をちょっと曲げて笑っている。こんな言葉を聞くのは何年かぶりだった。

急いで流しをかたづけて戸締まりをし、ドアの鍵だけをポケットに入れて玄関を出た。

花の甘い香りが鼻の前を通り過ぎ、体がふわっと持ち上がった。隣の塀からジャスミンの枝があふれるように垂れていて、昼間はそれほどでもないのに、暗くなると強く香り出す。花は小さいけど風車の形をしていて、においが遠くに広がる。

ひと足先に出た夫は、流しで顔を洗っているような格好で花に顔を埋めてにおいを嗅いでいた。首から下しか見えない。いかり気味の分厚い肩、その下の長い胴、ペタっと開いた足。この体つきをよく知っていると思いながら寄っていく。

隣町に行ってスーパーをのぞいたり、喫茶店に入って帰ってくるというような他愛のない散歩をむかしはよくしたものだ。なにも物を持たずに手ぶらのまま腕をからませながら歩くと、心がしっくりとなじんで一緒に暮らしている喜びがふつふつと湧いた。

いまは少し離れて歩く。手も組まないし、肩にも触れない。互いの領域を犯さないよう慎重に足を運ぶ。彼のいびきが大きくなってから別々に寝るようになり、いまは妹のいた部屋が彼の寝室になっている。ルームメイトと思えばいい。いつからか、そんなふうに考えるようになった。実際、夜中に目が覚めても読書したり溜まった新聞を読めたり、別の部屋というのは便利である。

ときどき、どうやって同じ屋根の下で十七年も暮らしてこられたのだろう、と思うことがある。眠りに落ちる瞬間が気になって眠れなくなることが一年に一遍くらいあるけれど、あの感じにちょっと似ている。意識がさえざえして、体の動きがぎこちなくなり、しぐさのひとつひとつをカメラで写されているような感じになるのだ。そのぎくしゃくぶりは夫にも伝わるのだろう、空気が凝固し、ただの沈黙が奇妙な意味をもって重くのしかかってくる。いったんそうなると払いのけるのはむずかしく、買い忘れたものがあったとかなんとか言って家を出る。駅前のスーパーをひとめぐりしてもどってくると別の空気が体に入って少し楽になる。

結婚したてのころはよく夫のことを夢に見た。あれがはたして夫の夢といえるのかわからないが、はじまりはいつも同じでだれかの横で目を覚ます。足しか見えず、自分はこの人と結婚したんだ、これが夫の足なのだ、と思いながら視線をだんだん上にずらしていって顔が見えたとき、ものすごくがっかりする。まったく見ず知らずの男なのだ。それでも夢の中の自分はその男を夫だと納得しており、なにか取り返しのつかないことをしてしまったような切なさにとらわれる。あまりの悲しさに本当に目が覚めてしまうこともあったが、横を見ると現実の夫が寝ていて、それではじめて夢だとわかってほっとするのだった。

ところが最近、夢の内容が変わってきた。昼ひなかに男の人と散歩している。見たことのない顔なのに、この人が夫なんだと思って平気でついていく。だんだんと前から一緒にいるようなしっくりした気持ちになってきて、ああ夫婦だな、と体が浮き上がるような喜びに包まれる。この夢は目覚めたときが後ろめたい。あまりにリアルで気持ちが満たされすぎているのだ。昨夜の夢はこのバージョンだったが、夫がいなかったから目覚めたあとも夢の残り香をゆっくり楽しむことができた。日当たりのいい並木道をふたりで手をつないで歩いていて、なにがおかしいのか体をくねらせてけらけら笑っている。夢の中の夫はいつ会っても顔が曖昧で思い出すことができない。

家を出てちょっと行くと電車が通っている。切り通しになった崖の下に線路が走り、その上に陸橋がかかっている。門を出た夫はそっちのほうに歩き出した。

ジーンズのポケットに手を入れてすたすたと歩いていくあとを、少し間をあけて追いかける。橋のたもとには子供連れの人影が立っていて、優勝杯を抱えるように子供を両手で抱き上げて電車を見せていた。男だと思ったが近づくと女で、子供はデンシャ！　デンシャ！　とさかんに奇声を発していた。

子供のころ、線路のすぐそばに住んでいた。この家を建てる前にいた社宅でのことだが、窓枠に立って得意満面で列車を見ている写真が残っている。高いところに立つと、背丈だけでは見えにくい線路が一望のもとに見渡せ、いつまでも見飽きなかった。

とくに留守番のときは気をまぎらわせるのにもよかった。右側から来た電車に見とれていると、左側からも走ってきてふたつが重なる。それらが走り去って一瞬だけ線路があらわになったと思うと、すぐにまた別の列車がやってくる。風のようなスピードで走り抜ける特急、それとは対照的に我関せずと超然的な態度で通り過ぎる長い貨車。ひとつひとつが人格をもっているように生き生きしていて、つぎになにが来るかの予測がつかず、しかも終わりがない。終わらせるには見るのをやめるしかなく、それがいちばんむずかしいことだった。

電話をかけているときに列車が通ったりすると、聞こえないから窓を閉めて！　と母は怒鳴った。あわてて飛んでいって両方からガラス窓を引いてぴたっと合わせる。とたんに音は遠ざかり、室内の空気がひんやりとする。窓の開閉ひとつでまったく別の空間になるのが不思議でならなかった。

引っ越したあとも電車でそこを通ると、車窓越しにその家を探した。たまたま反対側の席に座っていて見逃したりすると、大事なことをしそこなったような気がしたものだ。やがて社宅は取り壊され、白いマンションに建て替わったが、それでもその場所を通過するときは窓の外を見ずにいられなかった。ほんの一瞬、白い建物からモルタルの家が浮き上がり、大きく開いた窓の縁に自分が立っているのが見えた。

電車が橋の下にさしかかると、子供は体を上下させたり、手すりの上の金網を揺すったりした。興奮してなにかせずにはいられないのだろう。女は子供を抱き上げて橋の反対側に移動し電車のしっぽを見せた。バイバイ！　と大きな声で手を振る。何歳くらいだろう。子供を持っていないと見当がつかない。女のほうも母親にしては老けているが、おばあさんにしては若作りで年齢不詳だった。

夫はさっきから線路のずっとむこうに目をやっていた。ラインが消滅する彼方に高層ビルが建ち並んでいる。地面に近い部分はかすんでいるが、上にいくにつれて輪郭がくっきりし、電気がついている階と暗い階とがまだら模様になっている。屋上には赤いライトが点滅し、そのはるか上空を飛行機の影が移動していった。

「前にちょっと変わった子がいるっていっただろう」空を見たまま夫が言う。「高校を中退して路上生活をしたあげくに、大検とって入ってきた子」

「女の子?」

「もちろん男だよ」と男のところを強調する。

「あいつ、自分のガールフレンドと親父のあいだに子供ができたんだって」

「なにそれ」

「親父に彼女を取られたってわけだ」

彼が中学のときに母親が若い男と一緒になって家を出ていき、父親とふたりで残された。途中、路上生活したり友人の家を転々とした時期があったが、やり直そうと決意して大学に入り、意欲が出はじめてきたときだったという。

二十歳そこそこでそういう体験をするのはどんな気持ちなのか想像もつかない。自分にとって家族は逃げ出したい場所であると同時に最後の砦だった。傷ついた子供の帰りを親は拒まないはずだとどこかで信じていて、それを支えに反抗したり反発したりしていた。

家庭に裏切られた子供はどこに行ったらいいのだろう。

夫はなにか言いたそうな顔でこちらを見たが、そのまま口をつぐんだ。言いかかったことを途中で止めたり、飲み込んだりすることが増えた気がする。言ってもしょうがないと思っているようなふしもあり、放出できない感情を毛玉のようにくっつけている。

知り合ったころはもっと多弁だったのにと思う。映画について語り出すと饒舌になり、思いが溢れ、こちらはただうんうんと聞くしかなかった。当時を振り返ると傾いた右肩と、黒いムービーカメラが自動的に浮かんでくる。ビデオに乗り換える人が多いなかで、かたくなにフィルムにこだわり、重い機材を背負っては歩きまわっていた。個人映画で注目される新人として賞をもらったこともある。こういう人が本物のアーチストなのだと、美大を出たものの絵を描く自信がなくて、雑誌のイラスト描きでお茶を濁していた自分は感心したものだ。彼の才能がまぶしく、一緒にいるとその恩恵に預かれるような晴れがましい気がした。

いまは教えるだけで作品は撮ってない。どうしてそうなったのだろうと考えることがある。大学の仕事が忙しいのはたしかだけど、それだけが理由ではないだろう。芸術表現をつづけていくのに必要なのはセンスのよさよりも思いの強さだ。彼にはそれが足りないのかもしれない。だから創るより教えるほうをとったのかもしれない。

バス通りに出るとまだケータイのお店が開いていて、チカチカした蛍光灯の明かりが目に染みた。隣のコンビニもおなじようにまぶしく、そのつぎのドラッグストアはもっと光過剰で、思わず目を細める。

前からあった店がつぶれると、あとに開店するのはコンビニかドラッグストアかチェーンの食べ物屋で、そういう店は決まって明かりが強く、街に溢れる光の量がどんどん増えている。チェーン店では食べないし、買い物も新しい店を利用することはめったにないから、店が増えるにつれて街から弾きだされるように心もとない。

ギターケースを背負った若者がむこうから歩いてきて、すれちがいざまにケースが肩に当たった。切り裂きだらけのジーンズを履いて、鎖類をじゃらじゃら下げているので、反抗的な態度をとるかと身構えたが、「すみません」と律義に頭を下げたのに拍子抜けした。子供の声ではなく、かと言って大人の男の声ともちがう妙に高い声が耳に残った。

信号が青に変わると夫はさっさと渡って、交差点の横の道を入っていった。思わず苦笑した。さっきからあの道を行きたいなあと思っていたのだ。以心伝心。むかしは相談しなくてもこんなふうに曲がりたい角や渡りたい道が一致していた。その感覚が戻ってくるのを感じる。

夜の散歩道は明るすぎても暗すぎてもだめで、数メートルおきに街燈が照らしているくらいがちょうどいい。過剰な光のない裏道は目も心もやすらぐ。玄関先に放置された子供の自転車や鉢植えなど、色彩のついたものが後退して建物のシルエットだけが浮かび上がる。目に飛び込んでくる情報は少ないほうが想像が働くのは、モノクロ写真と同じ原理だ。見慣れているはずの風景が未知のもののように迫ってきて、こんなところにこんな建物があったのかと、心のなかで何度も驚きの声を上げた。

地形の入り組んだエリアで谷と丘が細かく繰り返している。道も碁盤の目状ではなくて斜めに交差していたりで複雑だが、目的地があるわけでないから、ただ足まかせに歩けばいい。迷ったら迷ったでそれもまた楽しいものだ。

登り坂になり、すぐにまた下ってちいさな商店街がはじまった。どの店も閉まっているが、スズランの形をした街燈が商店街らしい雰囲気を漂わせている。大型スーパーはなく、豆腐屋、かまぼこ屋、総菜屋など、個人が営む小さな店が芝居の書割りのようにならんでいる。

最寄り駅から離れた住宅地の真ん中に突如現れるこうした商店街を、夫は「陸の孤島商店街」と名づけて、ある時期関心をよせていた。街歩きに出ると、またひとつ見つけたとうれしそうに報告してくれ、一時は映画を撮ろうとしてここにも一緒に下見に来たことがあった。

あの企画はどうして頓挫したのかいまとなってはもう思い出せない。資金繰りがつかなかったのか、それともスタッフの問題だったのだろうか。立ち消えになったアイデアはそれに限らず無数にあり、いくつも考えが生まれては消えて、そのたびにギラギラしたものが減って寡黙になった。

でも変わったのは彼だけではないはずだと思う。こっちだって変わったこと、失われたことがいっぱいあるはずなのに、変化するのは彼ばかりというのは手前勝手だ。自分の年齢は三十半ばで止まっている。そう、二十代ではなくて、三十前半。肉体と心の誤差が少なかったように思えるあの時期に、いつもブーメランのようにもどってしまうのだ。

商店街の終わり近くになって空地を見つけ、ふたりで申し合わせたようにあっと声を上げた。三方をビルに囲まれているので、そばに来るまで気づかなかった。猫の額ほどの更地がそこだけ闇が薄まり仄白くなって夜空につづいていた。

かつてそこには作業服を売る店があった。半開きになったガラス戸から中をのぞくと、大きな台がひとつだけあって、風呂敷をかけたものが盛り上がっていた。中身は見たことはないが、「作業衣置いてます」という札が軒に下がっていたので、それがそうなのだろうと思っていた。ひっそりしていつ通っても人影がなく、しだいに下にあるのが作業衣ではなくて死体のような気がしてきた。かたちもサイズもそっくりだった。

なくなってみると思いのほか小さな敷地だった。生活のスペースも一緒だったが、こんな小さなところでよく暮らしていたと思うほどの狭さだった。けれども見ているうちに驚きは遠のき、代わって消えた光景が生々しく立ち上った。風呂敷の細い縞柄や、なだらかな山の形が鮮明になって心のうちに広がっていく。夫も何も言わずにたたずんでいたが、その沈黙がおなじことを思っている証のように思えた。

いつの間にか分厚い肩を横に感じながら並んで歩いていた。ふたりでいるのとも、ひとりでいるのともちがう。列車の座席の背もたれによりかかっているように、視線を前にむけて後ろから押されるように歩いている。

古い低層のマンションの前にさしかかったとき、夫がふいにこちらを見て言った。目が笑っている。

「見た？」

「うん、見た」

「うちのとおんなじだって思った？」

「うん、思った」

二階のベランダに浴室マットが干されていた。スポンジで体を洗っているドラえもんのイラストが描かれている。

結婚したてのころ、ちょっと遠くのスーパーにふたりで買い出しに行くのが週末のイベントだった。品揃えがいいこともあるが、それだけではない。もう独身時代のように買い物をしているカップルを見てみじめな思いをしなくていいのがうれしくて、その安っぽい勝利感を誇示したかったのだ。

ふたつある入口の左のほうから入ると日用雑貨の売り場で、それをまわり込むと食品コーナーになる。うずたかく積んだトイレットペーパーの山を抜けて食品のほうにいこうとすると、夫が組んでいた手を離してつかつかと浴室用品の棚に歩いていった。視線の先にあるものを見て、すぐに理由がわかった。いい年をしてドラえもんが好きで、マグカップもペンシルケースもそれが付いたものを使っている。大口を開けたあの青ネコが目に入ると、ともかく手にとって見ずにいられないのだ。

つきあってられないと思ってひとりで食品売り場に行き、リストを見ながら要るものをカゴに入れていった。だんだん重くなってきて、持ってくれないかと思いながら彼の姿を探した。来た通路を引き返すとまだ同じ場所に立っていて、顔を上げてきまり悪そうに「これ、どう?」と言った。

マットを買うことには反対はしないが、子供もいないのにそんな模様はいやだった。それにその日は夕食に友人を呼んでいたから、見られたら恥ずかしいという思いもあった。それでも結局は買ってしまったのは、彼の乞うような目つきに負けたからだろう。

いまではすっかり黒ずんで薄っぺらくなったが、それでも捨てずに使っている。一度、買い替えようとしたら真顔で反対された。彼は物を新しくするのを極端に嫌がり、せっかくいままで一緒だったのに、と飼っている生き物のように言うので、捨てる気が萎えてしまう。夜、風呂場でドラえもんの上で体を洗っているとあの日の乞うような表情がよみがえってくる。買いたてのマットのフカフカした状態がどんなだったかはもう忘れてしまったけれど。

坂を上がっていくつかの角を曲がると闇が濃くなった。道幅が広く、ひと気がまったくない。知らない町に来ていた。街燈が少ないこともあるが、古い屋敷が多く、庭木が高くて明かりが遮られている。長い石塀から常緑樹の枝がつき出し、庇のように道路にかぶさっているところもあった。建物はずっと奥にあって見えない。その隣には、新しくはないが広い玄関ロビーのあるマンションが建っていて、ガラスウォールの内側には重厚な応接セットが並んでいた。入口の池のまわりには植込みが作られ、上の階を見上げると明かりのついた窓にはどれも似たようなカーテンがかかっていた。

ふたたび長い塀がはじまり、鳥の翼を思わせる大きな枝が視界を黒くおおっていた。最近はとんと見かけなくなったヒマラヤ杉で、枝のあいだから焼却炉のようなものがのぞき見える。夜空に高くのびる煙突には奇妙な存在感があって、その通りにあるどの建物より強い意志を感じさせた。

塀が途切れたと思ったら、いきなりコインパーキングになった。暗がりに白線が浮き上がっている。駐車している車は一台もなくて、白いラインだけが声高になにかを主張している。言い分はまったくつかめなかったが、見ているうちに喉が渇いてきた。ところが、こういう場所にはたいがいあるはずのドリンクの自動販売機が見当たらない。いらないときはうるさいくらいに目に入るのに、必要なときにはどうしてないのだろう。夫もおなじ気持ちらしくキョロキョロとあたりに視線を泳がせている。

なにか飲みさえすればまだ歩けるし、もっともっと歩きたかった。とにかく飲むものを見つけるのが先決だ。前のめりになって歩くうちにだんだん歩調が合ってきた。右を出すときには彼も右を出し、左のときはむこうも左を出し、見えないヒモに足くびをゆわえられているように、ホイサホイサと心で掛け声をかけながら走った。

前方の低い位置に小さなネオンの看板が立っていた。どうやら店のようだ。

大きなガラス窓のむこうに、赤いブラウスと真っ青なスカートをはいた女主人が白壁をバックに立っていた。なんだか絵を見ているようだ。直線ではないけれど、モンドリアンの絵に似ている。入口には「TATAR」というプレートがかかっていた。ドアを押すと彼女の首が文楽人形のようにきゅっとこちらに動いた。

窓際の席に腰かけて運ばれてきたマグカップを両手に包んだ。客はほかにいなくて、スプーンを使う音までが響きわたる。コーヒーの滴が渇いた喉に慈雨のように染みて、細胞のひとつひとつがよみがえった。

人心地つくと店内に小さな音で音楽が流れているのに気がついた。調律してないピアノのような音がぽつりぽつりとおなじフレーズを弾いている。はじめは不安定な音に感じたが、耳に慣れるとかえって心地よく、それに繰り返しのように思えたフレーズも微妙に変化しているのがわかった。空き家に繁茂するツタのように、人知れず音が育って空間を満たしていく。葉の繁みにかくれる小動物の気持ちでその音に息をひそめる。視覚神経がすべて聴覚に明け渡され、目は開いているけれど何も見ていない。反対に耳はとても敏感に音の波動に反応する。体が揺れてふたりの気がひとつになり、音そのものになったような解放を感じた。

長い時間が過ぎたようだったが、それほどでもなかったのかもしれない。気がつくと手のなかのコーヒーカップは空っぽで底が乾いていた。テーブルに置くと夫もおなじように置いた。

こんもり繁った並木が街燈を隠して親密感のある暗さが通りをつつんでいた。車が一台通り過ぎて束の間明るくなり、すぐに暗さがもどった。外に出た夫は街路樹の下に立ち、上を見たまま片手をすっと上げて何かを指さした。でも黒い葉の重なりしか見えない。そう言うと彼は腕をつかんで自分のほうに引き寄せ、肩に手を乗せて身を屈ませた。強い力だった。

梢の先が光っていた。電気のライトとはちがう水晶の玉を埋め込んだような硬質な光が先端に付いている。屈んだ姿勢のままでじっとそれを見つめる。一つ見えるとほかのも見えてきて、ここにも、あそこにもと心のなかで数えた。目を細めると背景が遠のいて光だけが浮き上がり、樹木ぜんたいが輝くようだった。

風が吹いて枝が揺れ、光はかき消された。行く手に土手があり、いびつな石段がのぼっていた。石段は湿気って滑りやすく、先を行く夫のスニーカーの白さが足下を照らすのを頼りに一歩ずつ登っていくと、広い土手に出た。反対側はなだらかな松林で、ほっそりした幹がささやき合うようにしなっている。松林の下には電車の線路が通っていて、それに沿って公園ができていた。公園は暗く、黒いベルト状に横に長く延びている。線路際にフィットネスクラブの看板が立っているのがまぶしく、あの明かりさえなければ完璧なのにと思っていると、すっと消えた。暗さが親しみを呼び寄せた。

ガタンゴトンと音がして電車が入ってきた。明かりのついた小さな窓がしずしずとやってきて闇が引き裂かれ、いなくなるとまた暗くなった。右に、左に光の列が闇にハサミを入れるように通り過ぎる。

両方から同時にやってきて正面で合わされればいいのに。どこからともなくそんな考えが湧いてきて判じるように見つめつづけた。けれども右から来たときは左の線路が空で、左から来たときはさっきのが走り抜けた後で、なかなか一緒にならない。湿り気を帯びた生暖かい風が上がってきて、台風が接近しているのを思い出した。いまどのあたりにいるのだろう。

松の木がぎしぎし揺れて右から電車が走ってきた。とほぼ同時に左からも入ってきて長い光が少しずつ闇を詰めていった。どちらが速くてもいけない、このままの速度で接近するのだ、と念じていると、その通りに中央で車両がぴたっと重なり、停止した。あっ、停まった、と思う間もなくドアが開いて中から人が出てきた。ひとり、ふたりとこぼれるように線路に降りていっせいに土手を上がり出した。足を大きく開いて下草をつかんだり幹にしがみついたりしながら、なにかを追跡しているような、あるいは何かから逃れるような様子で一心に登ってくる。

正面を向いて座ったまま、松林のあいだに見え隠れする人影を目で追った。ばらばらに大股で接近してきて、脇目もふらずに横を通り過ぎていく。だれもこちらを見ないし、彼らの目に映っているかどうかもわからなかった。地面を震わすような足音だけが確かだった。最後のひとりが登り切るのをふたりで首をまわして見送り、線路にむきなおった。生暖かい風が上がってきて空気を攪拌した。人の気配はなく、目の前にはただ暗い闇があった。どちらからともなく手を握りあい、立ち上がった。

初出

本棚の奥の放浪者（原題「ナナの家の不思議な本棚」）「本の旅人」二〇〇〇年七月号
ハウスシッター（原題「グラスハウスにて」）「本の旅人」二〇〇一年二月号
水のゆくえ 「本の旅人」二〇〇一年七月号
タイ式マッサージ（原題「ヌアボーランの部屋」）「本の旅人」二〇〇一年十二月号
狐塚公園（原題「挟まれたメモ」）「本の旅人」二〇〇一年四月号
木造モルタル 「本の旅人」二〇〇一年十月号
ミステリー・ファン（原題「シズ夫人の読書」）「本の旅人」二〇〇一年三月号
キリ番ゲット 「本の旅人」二〇〇二年三月号
随時見学可 「新潮」二〇〇七年八月号
ゴミ入れや浴室マット 「新潮」二〇〇六年六月号

著者略歴

（おおたけ・あきこ）

1950年，東京生まれ．文筆家．写真批評からルポルタージュ，エッセイ，小説まで幅広い執筆活動を展開．朗読にも力を入れており，2007年より都内各所で朗読イベント〈カタリココ〉を開催している．著書『バリ島不思議の王国を行く』（講談社 1986／加筆・改題『バリの魂，バリの夢』講談社文庫 1998）『アスファルトの犬』（住まいの図書館出版局 1991）『透きとおった魚——沖縄南帰行』（文藝春秋 1992）『眼の狩人』（新潮社フォトミュゼ 1994／ちくま文庫 2004）『旅ではなぜかよく眠り』（新潮社 1995）『カラオケ，海を渡る』（筑摩書房 1997）『図鑑少年』（小学館 1999）『東京山の手ハイカラ散歩』（平凡社コロナブックス 1999）『須賀敦子のミラノ』『須賀敦子のヴェネツィア』（以上河出書房新社 2001）『個人美術館への旅』（文春新書 2002）『きみのいる生活』（文藝春秋 2006）『この写真がすごい 2008』（朝日出版社 2008）ほか．〈カタリココ〉の予定は http://booklog.kinokuniya.co.jp/ohtake/（紀伊國屋書店「書評空間」内）を参照．

大竹昭子

随時見学可

2009年 4月10日　印刷
2009年 4月20日　発行

発行所　株式会社 みすず書房
〒113-0033 東京都文京区本郷5丁目32-21
電話 03-3814-0131(営業) 03-3815-9181(編集)
http://www.msz.co.jp

本文組版　キャップス
本文印刷・製本所　中央精版印刷
扉・表紙・カバー印刷所　精興社

Printed in Japan
ISBN 978-4-622-07456-4
[ずいじけんがくか]